VIP
兆候

高岡ミズミ

講談社X文庫

目次

ＶＩＰ　兆候——7

あとがき——204

創作イタリアンレストラン

[Paper Moon Staff]

KAZUTAKA

元BMマネージャー
現オーナー兼シェフ
柚木和孝（ゆぎかずたか）

元BMドアマン
津守（つもり）

元BM
サブマネージャー
村方（むらかた）

VIP兆候

キャラクター相関図

KUDO
不動清和会
木島組
構成員
不動清和会若頭
木島組　組長
久遠彰允
くどうあきまさ
若頭
上総
かずさ
運転手
沢木
さわき
MIYAHARA
日本
元BMオーナー
宮原
みやはら
英国
伯爵
アルフレッド・スペンサー

イラストレーション／沖(おき)　麻実也(まみや)

VIP（ブイアイピー）　兆候

1

　東京六本木某所。

　煌びやかなクラブのテーブル席で、沢木拓海は居心地の悪さから一点を凝視したまま、時折貧乏揺すりをして、時間がたつのをひたすら待っていた。

　ここはあまりに場違いな場所だ。

　城門と見まがうばかりの入り口から一歩中へ入った途端、別世界へ飛び込んだかのような錯覚に陥る。

　広々としたメインホールではクリスタルのシャンデリアが目映いばかりに輝きを放ち、大理石の柱や床を照らして、目に痛いほどだ。

　ホステスとの会話に興じる客、カウンター席でゆったりと美酒とシガーに酔いしれる客、あるいは豪奢なＶＩＰコーナーで大金を落としていく客、と愉しみ方はそれぞれだが、沢木たちのいるプライベートサロンとなると、ごく限られた者だけが使える、まさに特別な部屋だった。

　スポンサーと店主どちらの趣味なのか、プライベートサロンのソファやカーテンはゴールドで統一され、１００インチの液晶画面にカラオケ完備。もちろん防音設備も整い、多少の叫び声なら外へは漏れない仕様になっていた。

木島組若頭補佐の有坂が若い愛人に与えたキャバクラは、六本木の駅からほど近いビルの地下にあり、開店祝いと称して組員たちはみな順に客として訪れているのだが――沢木にしてみれば勘弁してほしいというのが正直な気持ちだ。

自分はそういうのに興味がないからと一度は断ったものの、上役の命令は絶対。固辞し続けるのは難しい。

渋々承知し、人生初めてのキャバクラにやってきたのだ。

「沢木。おまえ、なんて顔してるんだよ。酒がまずくなるじゃねえか」

兄貴分の水元の苦言に、すいませんと頭を下げ、背中を丸める。下戸ではないが、酒席が不得手なため、キャバクラのみならず飲み屋にもほとんど行ったことがないくらいだった。

水元たちがホステスを侍らせて盛り上がっているなか、じっと座っているだけで疲弊し、早く終わってくれとそればかりを考えてしまう。

「だいたいウーロン茶ってなんだよ。やくざが酒も飲めないで、この先やってけると思ってんのか？」

冷ややかな視線に、また謝罪する。みなに合わせられないことに関しては申し訳ないという気持ちはあるものの、どんなに勧められようと一滴たりとも飲むつもりはなかった。

組長の運転手として、いつ連絡が来ても即座に対応できるよう、常に胸に入れた携帯に意識を向けている。酒を飲んだせいで仕事ができなくなるなど、沢木にしてみればあってはならないことだった。

「あら、可愛(かわい)いじゃない」

隣に座っているホステスに肩を触られ、反射的に身を躱(かわ)す。

胸元の大きく開いた、スパンコールだらけの赤いドレスを身にまとったホステスが駄目なわけではなく、相手が誰であっても同じ反応をしただろう。

「沢木、てめえ。真莉愛(まりあ)さんに失礼だろ」

「あ」

即座に飛んできた水元の怒声よりも、真莉愛という名前に驚き、初めて隣の女性とまともに顔を合わせる。

「補佐の――」

有坂の年齢は四十手前。一方目の前にいる女性は、二十歳(はたち)そこそこに見える。若いうえに美人、いや、美人なうえに若いだったか。そう聞いていたが、くっきりとした大きな目が印象的な女性で、おそらく評判どおりなのだろう。

実年齢より上に見える有坂とでは、親子と言ったほうがしっくりくる。

「おまえ、まさか知らずに隣に座ってたのか」

「はあ、まあ」

すいません、とまた頭を下げる。

「ったく、女っ気のねえ奴はこれだから」

水元が呆れ顔でかぶりを振った。

「まさかおまえ、童貞ってんじゃねえだろうな」

真莉愛がいようと関係なく下ネタを口にする水元にぎょっとしつつも、返事をしないわけにはいかない。

「――いえ、ちがいます」

隣の真莉愛を憚り、ぼそりと答えた沢木に、水元の下ネタは続く。

「おまえのことだから、どうせあれだろ。女よりいまは仕事優先ってヤツ。ああ、答えなくていい。まったく、しょうがねえな。このあと、俺が風呂屋に連れてってやるよ」

「……大丈夫っす」

ため息を押し殺し、辞退する。どうせ強引に連れていかれるにちがいないと思うと、憂鬱になった。

「あら。仕事優先って、素敵じゃない」

助け船を出してくれたのは、意外にも真莉愛だ。気分を害した様子もなく、真莉愛は笑顔で応じる。

「女は仕事ができる男に弱いのよ。ねえ」

真莉愛がそう言い、他のホステスたちも同意する。こほんと咳払いをした水元は、態度をころりと変えた。

「俺もまあ、ついつい仕事優先にしちまうことが多い男だけど？　だから沢木のことがよくわかるっていうか」

どうやら助かったらしい。真莉愛をちらりと見ると、茶目っ気たっぷりに片目を瞑ってみせる。

有坂は愛人にぞっこんだと他の者から耳にしたが、見かけによらず肝の据わったところにかもしれないと思いながら、視線を外した。

「ていうか、幸ちゃん、遅くない？　今日顔出すって言ってたのに」

「…………」

一瞬、「幸ちゃん」というのが誰のことなのかわからず首を傾げる。

有坂幸一の「幸ちゃん」だと気づいてからは、自分の耳を疑った。まさか若頭補佐のことを「幸ちゃん」と呼ぶ人間がいるとは思いもしなかった。

いや、愛人ならそれが普通なのか。柚木がけっして親父を名前で呼ばないため、それが当然だと思い込んでいただけで。

「…………」

柚木は、自分の目から見ても変わった男だ。親父の情夫なら情夫らしくしていればいいのに、何度断っても飯を食っていけと誘ってくるし、なにかと礼を口にする。BM（ビーエム）が火事になったときなど我が身の危険も顧みず、細い身体（からだ）で自分を支えて外へ連れ出した。

下手をしたら、もろとも死んでいた可能性もあったにもかかわらず、だ。

むうと喉（のど）で唸（うな）った沢木は、柚木のことを頭から追い出す。どうせ理解できないのだから、考えるだけ無駄だろう。

「なんだあ？　騒がしいな」

ふいに水元が眉（まゆ）をひそめた。

そうねと真莉愛も同意し、ソファから腰を浮かせる。

それを制し、

「自分が見てきます」

立ち上がると、沢木はドアへ足を向けた。

直後だ。勢いよく外からドアが開く。

「なんだよ。この金ピカの悪趣味な部屋。ありえねえ」

目の前に現れたのは、ピンストライプのスーツを身につけた若い男がふたり。げらげらと笑う奴らの顔に見憶（みおぼ）えはないが、この一言は到底聞き流せるものではない。有坂の店にケチをつけるということは、いきなり横っ面を張ってきたも同然だ。

咄嗟に臨戦態勢をとる沢木の後ろで、瞬時に組員たちも浮き足立ち、プライベートサロンは不穏な空気に包まれた。

「ああ？　いまなんつった？」

「なんだあ、てめえは」

気色ばむ組員たちを男たちは意に介さず、軽い調子を崩さない。

「うわ～、怖っ」

わざとらしく肩を竦めてみせ、なおも挑発してくる。

「おまえ、どこの組に頼まれたのか知らねえが、イキがんねえほうが身のためだぞ」

ひとり、どかりと腰を据えたままの水元が低く凄んでも同じだ。

「やだなあ。みんなで普通にキャバクラに入っただけなのに、組とか言われちゃったし」

「みんな」と言ったからには他にも仲間がいるのだろうが、普通に入ったという言葉は鵜呑みにできない。やくざ相手に突っかかってくるからには、なんらかの目的があるのは明白だった。

「おまえの目つきが悪いからじゃね？」

ひとりが茶化し、

「はあ？　イケメンだろ、俺」

もうひとりがゲラゲラと笑う。まるで緊張感のない男たちに、沢木は厭な感覚を抱いていた。

やくざなら互いに一目でわかる。

男たちは、そうは見えない。明るい色に染められた長めの髪といい、シャツの胸元を大きく開けた着崩し方といい、まるで歌舞伎町を闊歩しているホストのようだ。

「わかんねえガキどもだな」

水元が舌打ちをした。

「俺の機嫌が悪くなんねえうちに、とっとと去れって言ってるんだ」

水元と真莉愛、ふたりにアイコンタクトを送った沢木は、いきなり相手を殴ってしまわないよう両手をポケットに入れ、一歩足を踏み出した。向こうが去らないのなら、力尽くで追い払うしかないだろう。

「おい」

男たちと距離を縮め、くいと顎をしゃくる。

「用があるなら自分が聞く。外へ出ろ」

沢木にしてみれば最大限の譲歩にも、相手はあははと大笑するばかりだ。

「用？　用なんかないよなあ」

「ああ。俺ら、たまったま通りかかっただけだから」

いつまでも不毛なやり取りを続けることに飽き、ポケットに入れていた手を出した。

一瞬、ふたりがびくりと肩を揺らす。それでも逃げずになお絡んでこようとするのはなぜなのか、もはやどうでもよかった。

すでに穏便にすませる気はない。

「外へ出ろって言ったのが聞こえなかったのか？」

ぐっとこぶしを握ると、相手を睨みつけたまま外を示す。

「いや……マジで、怖いっすねえ」

仲間の助けでも得ようとしているのか、何度も背後を振り返る男たちにこれ以上我慢できず、ふたりの腕を摑んだ。

「いいから出るぞ」

無理やりにでも店の外まで引き摺っていくつもりだったが、

「兄ちゃん」

右手のテーブル席から声をかけられ、沢木は足を止めた。

「俺の連れが、なにかしでかしたか」

「――っ」

男が四人。こっちは一目でわかる。間違いなく同業者だ。

沢木の手を振り払ったふたりは、四人の援護を受け、ふたたび不遜な態度になる。

「この店、駄目っすね。こんな奴らがでかい顔してるような店なんか、すぐに潰れるっしょ」

　ホスト崩れの男のことなど意識から失せ、黙って四人をチェックする。

　誰ひとり知る顔はないが、上等なスーツ、ライター、腕時計、飲んでいる酒から察するに下っ端でないだろうことは明らかだった。

「おまえ、滅多なことを言うんじゃねえよ。あれやろ？　ここは、いまや飛ぶ鳥を落とす勢いの木島組の店なんやろ？」

　意味ありげな口調で、ひとりがそう言う。おそらく四人の中では、もっとも上役にちがいない。

「木島組は不動清和会の金庫、やったっけ？　さすがだよなあ。いかにも金かかってそうな店やないか」

　西のほうの訛りを察知し、沢木は考えられる限りの組織名を頭の中で挙げつつ、ごくりと生唾を嚥下した。

「――用件を言ってもらえないっすか」

　不動清和会は日本最大組織であり、構成員は二万人を超える。全国に直系の組があり、いまだ吸収合併で巨大化している不動清和会に対抗するために、東北や関西、九州、沖縄の組織が裏で手を組もうとしているという噂もある。

まさか下見にでも来たのか。

「用件？　ないない。天下の木島組に用があるなんて、恐ろしゅうて言えんわ。単なる客なんで、放っといてくれんかな。それとも、俺らみたいな輩は上品なこの店にはふさわしくないって？」

男は後半になるほど声高になり、最後は店じゅうに響き渡るほどの大声で叫んだ。それまで愉しく飲んでいた一般客たちは一瞬にして静まり、緊張感が漂い始める。

せっかくのお祝いムードが台無しだ。

唇を引き結んだ沢木は、ぐっとこぶしを握り締めた。

「そうっすね。キャバクラなら他にいくらでもあるので、なんならふさわしい店に案内しますよ」

相手が誰であろうと、関係ない。やるべきことは決まっている。上等だ、と心中で吐き捨て、男たちにまっすぐ向き直る。

「はあ？　なんだ、いまのは。俺の聞き間違いだよなあ」

上役以外の三人が立ち上がり、ホスト風の男も含めて五人で取り囲んできたが、一歩たりとも引く気はなかった。

「沢木、なにやってる」

なかなか戻らない自分に、ただ事ではないと察したのだろう。サロンから出てきたみなが、こちらへやってきた。

「あ？　誰だ、そいつら」

ぐるりと相手の顔を見回した水元が怪訝(けげん)な顔で首を左右に傾け、こきこきと音をさせる。

「沢木よ。こいつら、ここがうちのシマだって知らねえのか。それとも、知っててでかい顔してんのか？」

「知ってるみたいっすよ」

木島組の名前を出して絡んできた以上、いまさら知らなかったではすまされない。

六対六。

人数は五分でも、圧倒的に不利なのは先方だ。水元の言ったとおり木島組のシマで好戦的な態度をとるからには、それなりの覚悟はできているのだろう。

「だよなあ。なら、帰ってもらえ」

水元はそう指示し、踵(きびす)を返す。

「はい」

力尽くでと言外の意味を実行すべく、沢木は両足を踏ん張った。先に飛びかかってきたのは、ホスト風の男のうちのひとりだ。

「うおぉぉっ」

間一髪で身を躱したものの、かっと頭に血が上り、体勢を崩した男の髪を摑む。

「痛っ……いてえっ」

「黙れ」

容赦なく床に倒し、頭だけぐいと引き上げると、鼻先にこぶしをかざしてみせた。

「てめえ、死ぬか？」

その一言とともに、全体重をのせたこぶしを男の鼻にめり込ませる。後頭部が床にぶつかる鈍い音と鼻の骨の折れる感触がこぶしに伝わってきたが、悪いのは先に手を出した男のほうだ。

フロアに響き渡る男の悲鳴、敵味方の怒号を無視して、二発目を男めがけて振り下ろす。

「やめろ」

しかし、すんでのところで手首を摑まれ、阻まれた。

「うるせえ！」

邪魔されたことにいっそうかっとなり、怒りのままに嚙みついた沢木は、自分の手を拘束している相手の顔を見て息を吞み、すぐさま男から手を離した。

「……お疲れ様っす！」

木島組の若頭補佐で、店のスポンサーでもある有坂の登場に、沢木のみならずその場にいた組員全員がこうべを垂れる。

他組織の者らもさすがに有坂の前では非礼な態度に出られないのか、へつらうような笑みを浮かべた上役の男は、両手で名刺を差し出した。

「田舎もんが上京してきて、勉強させてもらおうと思っただけなんですよ。そこの坊やがやけに突っかかるから、こっちもつい」

「結構」

有坂は名刺を断り、名乗らせないまま言い訳のみを受け入れると、場をおさめるためにフロアにいる客に詫びる。

「今日は俺の奢りってことで、好きなだけ飲んでいってくれ」

絡んできた奴らに対しても例外ではなく、度量の差を見せつけた。

「愉しんでいってくれ」

とまで言われて相手は居心地が悪くなったのだろう。それからすぐに出ていき、店はもとの活気を取り戻す。

「なんだ、意外に肝の小さい奴らだなあ」

がっしりした肩を揺らして笑う有坂に、沢木は誇らしさを感じていた。

奴らが言っていたように、木島組は不動清和会の金庫と言われ、末端に至るまでその名は浸透している。木島組の一員であることは、沢木にとってアイデンティティーそのものなのだ。

「あいつら、関西弁でしたよね。なにか企んでやがるにちがいないっすよ」

サロンに戻り、水元が真剣な面持ちで切り出したときも、有坂はいつもの豪快な笑い方で聞き流す。

「ここで無粋な話はやめろ」

見た目の印象どおり大らかな性格である一方、面倒見のいい有坂らしい気遣いだ。

確かに真莉愛や他のホステスに聞かせる話ではないし、せっかくの祝いの席に物騒な話題は似合わない。

「いいか。いまのことは、頭の耳には入れるなよ。なんでもかんでも報告していたら切りがない」

有坂の命に、全員で頷く。ただでさえ多忙な若頭・上総にこれ以上の負担をかけたくないというのは、組員みなの気持ちだった。

三島辰也が四代目になって以降、不動清和会の方針は一変し、勢力拡大に躍起になっているというのは周知の事実だ。そのことと今日のトラブルが関係しているのかいないのか判然としないものの、これだけでは終わらないのではと、依然厭な感じは続いている。

心配事は、外ばかりか内側にもある。

なにかと理由をつけて三島は親父を呼び出しているが、それとときを同じくして木島組のシマで結城組の者を見かけるようになった。

良好な関係をアピールするためだと聞いているし、実際それでうまくいっている部分もあると理解していても、自分にしてみれば結城組は目障り、三島は目の上のたん瘤。さっさと親父に座を譲って引退してくれればいいと、常にその思いはある。

「ウーロン茶か。おまえは本当、顔に似合わず真面目な奴だよな」

呵々と笑い、肩を叩いてきた有坂に目礼した沢木は、照れくささから頭を掻いた。有坂を見ていると、自分の心配事などすべて取り越し苦労のような気がしてくる。

家族のいない自分には、親父を中心に木島組のみながなにより大切な家族だ。家族のためなら、なんでもできるし、する覚悟はある。

――俺の家族には誰も手を出させねえ。

愉しげなみなの様子を前にして、ウーロン茶をちびちびと飲みながら沢木はその思いを強くする。

それこそが自分がここにいる理由だ、と。


半醒半睡をだらだらと長引かせながら、夢現のなか、和孝は背中に触れるあたたかさに身を任せる。

久しぶりに懐かしい夢を見たのは、宮原（みやはら）が店に来てくれたからだろう。

夢の中でまだ自分はマネージャーとしてＢＭの玄関ホールに立ち、日々客を迎え入れていた。玄関ホールの空気は清浄で、肺いっぱいに吸い込んでから外へ出るのが日課だった。

そして、必ず空を仰いで月を眺める。あの頃の和孝にとってそれは食事をすることや眠ることにも等しい、ごく自然な行為だったのだ。

クラブＢＭ。

ジョージ・スペンサーが創（つく）り、宮原が守り続けていたＢＭは、政治家や会社経営者等、厳しい審査を経（へ）て選ばれた特権階級の人々を対象とした特別なクラブだった。会員になることそれ自体がステイタスになり、個人、延（ひ）いては家や会社の信用にも繋（つな）がっていた。十七歳で家を飛び出したあとの自分にとっては単なる仕事場という以上に、居場所、そして生きがいでもあった。

ずっとＢＭのマネージャーとして生きていくものだと信じて疑わなかった。

もう二年半ほど前の話になる。

オーナーの宮原を始め、ともに働いた津守（つもり）や村方（むらかた）や他のスタッフたちはいまだ仲間だと思っている。

聡を拾ったのも同じ頃だった。

聡はいま和孝の弟である孝弘の家庭教師をする傍ら、家業の手伝いと大学の勉強と忙しい日々を送っていて、昔、同居していた頃の面影はない。すっかり頼もしい青年だ。このぶんだと、弁護士になるという夢もきっと叶うにちがいない。

そして、BMは、久遠と再会した場所でもある。

BMを中心に、いろいろな経験をした。出会いも別れも。厭なことも嬉しいことも。

それらすべてのおかげでいまの自分があると言ってもいい。

BMを思い出すとき必ず胸の奥が疼くのは、きっとBMそのものというよりもあの頃に出会った人たちへの感情が伴うからだろう。

あの場所が好きだと、なくなってしまったいまでも思う。

宮原も他のスタッフたちも自分も、それぞれが新しい道を歩き始めているからこそ、よけいに実感する。

あの頃の自分にとってBMは人生そのものだったと。

夢だとわかっていても懐かしくて、胸がいっぱいになる。普段は奥底にしまっている宝箱をたまに取り出して、そっと蓋を開けては懐かしむ。BMは、そういう大切な記憶になっていた。

「……ん」

なんだか起きるのがもったいない。そう思って目を閉じていたが、くしゃくしゃと髪を乱されてはそうもいかなくなった。

「いま、何時？」

起き抜けのせいでぼんやりとしたまま背後に問うと、耳に馴染（なじ）んだ声が「六時半」と返してきた。

低く、静かで、乾いた声。この声を聞くと、安心感を覚えると同時に身の内がざわめく。

なにかで掻き混ぜられていると言えばいいのか、それとも、強い力で摑まれていると表現すべきか。いずれにしても心を乱されるのは確かだ。

このままじっとしているわけにはいかず、

「俺、一度自分の家に戻ろうと思ってたんだ」

それを理由に、居心地のいいベッドから上体を起こした。

和孝が引っ越しをしたのは、およそ半年前、イタリアンレストラン『Paper Moon（ペーパームーン）』を始めたときだ。単純に契約更新の時期だったし、店から近いというのもあった。

前の部屋よりやや手狭とはいえ、店まで徒歩二十分、スクーターだと五分という利便性には替えられず即決した。はずなのに、わざわざ遠い久遠の部屋に頻繁に通っているのはどうしてなのか。自分の行動に矛盾を感じずにはいられない。

というのも、今回、久遠の部屋を訪ねたのは四日前になる。その日から自宅へは帰っていないため、都合四泊した計算だ。

これまでももっと長い期間を共に過ごしたことはあるものの——当時といまでは状況がちがう。そうせざるを得ない理由があったからで、いまのように何事もなく、平穏でありながら四日も久遠の部屋にだらだらと居続けたことなど過去にはおそらくないだろう。

そもそも久遠と同じ部屋にいるのは居心地が悪くて、一日もいれば息が詰まりそうだったというのに、いったいいつからこうなった？　いくらなんでも居座りすぎだ、と昨夜ようやく思い至り、仕事に出かける前にとりあえず引き上げるつもりでいたのだ。

ベッドを離れ、その足をシャワーブースへ向ける。熱いシャワーで目を覚ます傍ら、まずい傾向かもしれないと自問自答していった。

自分はなし崩しにこのままここに居たいのか、と言えば、答えは否だ。もしうっかりマンションを引き払って完全に越してきたとしたら、早晩逃げ出す結果になるだろうことは目に見えている。

いくら久遠と過ごす日々に慣れてきたといっても、同居してしまったらおそらく一週間もせずに後悔するにちがいない。一緒にいてもいなくても、終始久遠の存在を感じて苛立(いらだ)つ自分が容易に想像できる。

なら、どうしたいのか。

結局、いまの状態が居心地がいいのだろう。互いに別々の生活があって、会いたいときに会っているからこそ、同じ時間を共有できることを大事に思える。

それについて久遠がどう考えているのか、じつのところよくわかっていない。四日間を長いと感じているのかどうか、予想がつかないだけに、尋ねるにはなんらかのきっかけが自分には必要だった。

髪を洗っていた和孝は、いきなり首へ触れてきた手にびくりと肩を跳ねさせる。考えていた内容が内容だったので、ごまかすために背後の久遠を睨みつけた。

「急に入られるとびっくりするだろ」

構わずシャワーブースの中へ身体を入れてきた久遠は、泡でもついているのか、和孝の頬を拭ったあと、その手を肩へと移動させる。

「俺しかいないのに?」

肩を押されるままガラス壁に凭れかかったせいで、久遠に見下ろされる格好になった和孝はこぶしで腹を小突いた。

「だからだよ。久遠さんが一番たち悪い」

濡れた髪を掻き上げ、その一言でシャワーブースを出ようと久遠の身体を押し返す。が、びくともしない。それどころか腰に手を添えられ、動けなくなる。

振り払われないと知っていてやっているのだから、これ以上たちの悪いことがあるだろ

うか。

「俺、マンションに戻るって言ったけど」

「そうだったか？」

こめかみに唇を押し当てられ、身体の力を抜く。抗ったところでどうせ無駄だ。自宅へ戻るのは仕事帰りでもいいし、朝食は開店準備をしながらすますこともできる、などと考えている時点で答えは出ている。

「なら、やめとくか」

腹立たしいことに、わざとこちらに選ばせようとする久遠にしかめっ面をしてみせた和孝は、反撃とばかりに目の前にある鎖骨に歯を立てた。思い切りではなくとも痛みはあったようで、眉をひそめた久遠に満足して、にっと唇を左右に引く。

「やってくれるじゃないか」

「他でネクタイを解かなきゃいいだけだろ？」

多少痣になったくらい、という意味で笑ってやったが、鼻先が触れ合う距離で見つめ合っただけで息を乱していては、憎まれ口もたいした効力にはならない。マンションに戻ると口では言いつつ留まっているのだから自業自得、というのもわかっていた。

「ネクタイ？」

怪訝な顔になる久遠に、空惚ける気かと皮肉を込めた半眼を流した。

「先週、香水の匂(にお)いをさせて帰っておいて、なにも知らないって？　まあ、いいけど。あんたが誰となにをしようが」

半分――いや、三割ほどは本心からだった。以前、久遠に縁談が持ち上がった際、今回は流れても、いずれそういう日が来るかもしれないと、あの時点で腹を括(くく)ったのだ。

日陰上等。二号にでもなんでもなってやる、と。

だが、それは組に姐(あね)が必要だからであって、単なる遊びの相手だというならそれを許せるほど寛大になったつもりはなかった。

「三島さんに、一杯だけつき合った。そのときだろうな」

「――へえ」

またか、と三島の名前にうんざりする。

三島がたびたび上京してくるのは、銀座のクラブホステスを口説いているためと以前久遠から耳にした。お盛んなことで、とそのときは返したけれど、まさか久遠を巻き込んでいたとは知らなかった。

「もし意中のホステスが久遠さんになびいたらどうする気だろうね。三島さんのことだから、血の雨でも降らせるんじゃない？」

日本最大規模の指定暴力団、不動清和会は、三島が四代目の座についてからというものますます精力的に手を広げているという。枝葉の組織まで入れると、少なく見積もっても日本全国の暴力団の六割以上が不動清和会の系列だと言われている。

三島と、若頭である久遠がいる限り勢いは止まらず、不動清和会一強の時代はしばらく続くだろう、と。

そんな巨大な組織のトップとナンバー2がひとりのホステスを挟んで睨み合うはめになったらどうなるか――想像するだけで背筋が凍る。

「そもそも、四代目は女ひとり自分で口説けないのかよ」

日頃から三島にはいい印象を持っていないため、ここぞとばかりに不満をこぼす。あの男が久遠の上に居座っている限り面倒は続くと予想できるから、なおさら鬱陶しかった。

久遠は自分以上だろう。

黙って三島に従っている久遠の内心は如何ばかりか、想像すると同情を禁じ得なかった。

せめて愚痴のひとつもこぼしてくれればいいのにと思うものの、久遠はそういう男ではない。必要最低限、どころか和孝自身が関わっていることであっても一番最後に聞かされることも多々ある。

いちいち目くじらを立てて刃向かっていた頃もあったけれど、ともにいる時間が長くなるにつれ、しようがないとあきらめの境地に至った。

いや、あきらめとはちがうかもしれない。

歩み寄ったと言ったほうがしっくりくる。ぶつかるたびになんとか折り合いをつけてきたのは、傍にいるために努力した結果なのだから。

なんてけなげなのか。自画自賛した和孝だが、意図を持って背中を指で撫で上げられ、ひゃっとおかしな声を漏らす。

「なにやってるんだよ」

せっかくひとが感慨に浸っていたのに――久遠の手から逃れようと身を捩ると、直後、予想外の一言が投げかけられた。

「いまのは誘いだと思ったが」

「は？」

目を瞬かせたあと、即座に否定する。誘っているなんてとんでもない誤解だし、本を正せば四日も居座るはめになったのは、久遠のせいだった。

昨夜も、もう無理だと何度訴えても解放されなかったせいで、いまだ自分はここにいる。まさかそれも、誘われたからとでも言うつもりか。

「もし、焼きもちだと思ってるなら、それ、勘違い。むしろ文句、厭み、悪態だって」

「それのどこがちがうんだ？」

「大違いだろ！」

むっとした和孝は、当然の権利とばかりに先へ進もうとする久遠の肩を、ぐっと押し返す。このまま流されてしまっては、久遠の言葉を肯定することになりかねない。

「言ったと思うけど、時間ないから」

放してほしいと伝えたつもりなのに、久遠は生返事をするだけで手の動きを止めようとしない。さらには脚の間に膝(ひざ)まで入れてこようとする。

「俺、いまから自分の家に戻るって言ったの聞いてた?」

もとより毎回流される自分の責任も大いに自覚していた。その証拠に、言葉とは裏腹にちょっとくらいならと思い始めていて、毎度毎度と己の学習能力のなさを痛感するはめになるのだ。

半ば条件反射で久遠の背中に回そうとした両手を、掻き集めた理性でなんとか止める。かぶりを振った和孝は、一度深呼吸をした。

いま自分が優先しなければならないのは、朝っぱらから久遠とべたべたすることではなく、当初の予定どおり自宅へ戻って九時前に店へ出勤することだ。

「俺が自宅へ帰るのに、久遠さんの許可が必要だなんて知らなかった」

両手を下ろし、ふっと余裕の笑みを浮かべる。

「俺は、なにも言っていないが」

この返答は、想定内だった。

だからだよ、と返したところで、どうせ久遠には理解できないだろう。なんでも言ってくれるような男だったらずいぶん楽なのにと、すでに期待していないことを心中でこぼし、笑顔のまま応じた。

「そもそも昨夜もさんざんやったくせに、なに朝からその気になってるんだって話」

　大人の対応、大人の対応と声には出さずに唱える和孝に、久遠はわざとらしく肩をすくめてみせる。

「俺がか？」

　久遠の視線を追いかけ、下方へ目をやった和孝は目を瞬かせた。

「うわ」

　揶揄されるのもしようがない。まずい状況になりつつあるのはどうやら自分のほうだったらしく、昨夜もう一滴も出ないと訴えたはずの中心は本人の意思に逆らい、熱を持ちつつあった。

　ちょっと密着されたくらいでいったいどうなっているのか、まさにパブロフの犬状態に衝撃を受け、羞恥心を隠すために渋面になった和孝は、久遠の身体を押しのけてシャワーブースから逃げ出した。

「信じられねえ」

　服を着る間に気を鎮め、生乾きの髪のままキッチンへと移動する。

　店で出すランチのメニューについて考えながら手早く朝食を用意する間に髪も乾き、おかげですっかり平常心を取り戻して、できたものから順にテーブルに並べていった。

少し前までは、久遠も自分も朝食を食べる習慣はなかった。朝起きて夜寝るという生活スタイルになって以降は、冴島(さえじま)の教えもあって、可能な限り朝食をとるようにしている。

今朝は鮭(さけ)の西京(さいきょう)焼きと長葱(ながねぎ)と油揚げの味噌汁(みそしる)、小松菜としめじにしらすを加えたごま和(あ)えと純和風のメニューだ。賄(まかな)い飯が洋風になることが多いため、朝は和食と決めていた。

おそらく久遠は、自分に合わせてくれているのだろう。ひとりのときは相変わらず食事も生活サイクルも不規則で、若頭に昇進してからというもの、これまで以上に飲みのつき合いも増えている。

健康が心配――なんて言うつもりはない。健全な暮らしをしたいなら、そもそも久遠のような男と一緒にいること自体、間違っているのだから。

「村方くんがまた天然なところがあってさ」

向かい合って食事をする傍ら、雑談もする。これも以前にはなかったことだ。

そんなときは、つくづく平穏のありがたみを実感する。少しでもきな臭くなればこうはいかない。行動範囲を制限されるし、どこへ行くにも木島組の誰かの見張りつきになるので雑談をするような余裕もなくなる。

以前はそれが窮屈だったし、半人前扱いされているようで腹立たしくもあった。到底肩を並べられないのは承知で、少しでも追いつきたいという心理も働いた。

　なにかと反発することで自分の存在意義を確かめていた過去のあれこれを思い出すと、苦笑せずにはいられない。

　ようするに、子どもだったのだ。

　それも当然で、自分の歩いてきた道は普通とは言い難い。あまりに狭い世界だけで生きてきて、それがすべてになっていた。

　だが、その言い訳もすでに通用しない。もう二十七歳で、小さな店とはいえ一国一城の主である以上、いいかげん大人になるべきだろう。

「ていうか、何度考えても納得できないんだけど。宮原さんが帰国したことずっと黙ってるとかあり得る？」

　先日も責めたばかりだが、思い出すとまたむかむかしてきた。たとえ宮原にまだ内緒にしていてほしいと頼まれたにしても、そのことを含めて多少は教えてくれていてもよかったはずだ。

　それとも久遠は、自分が知れば宮原のもとへ押しかけていくとでも思ったのだろうか。

「ああ、そうだな」

　一度謝ったことで久遠のなかでは終わった話になっているのか、適当な返事で受け流される。もともと秘密主義のふたりなので、他にも聞かされていない話があるにちがいなかった。

というより、過去に関してはなにも知らないと言ってもいい。くどくどと詮索するつもりはなくとも、人並みの好奇心はある。

「あのさ」

和孝は、ふと箸を止めた。

久遠と宮原がいつ知り合い、親しくなったのかも聞かされていない。一方で、性格も立場もまるでちがうふたりが存外気が合うことについては、なんとなく納得している。

おそらく考え方が似ているのだ。他者に頼らないところや、理路整然としているところ。自身について多くを語らないところまで同じだ。

「俺がBMのサブマネージャーになったとき、多少は驚いた?」

唐突と承知の問いかけに、案の定久遠は怪訝な顔をしたものの、答えに迷いはなかった。

「いや。宮原さんはおまえを気に入っていたから、ある程度予想はしていた」

期待外れな返答を聞いて、なんだよとこぼす。こっちは突然現れた久遠に言葉も出ないほどびっくりしたというのに、不公平な気がした。

「そう。じゃあ、もし宮原さんが俺をBMに誘わなかったら、久遠さんとは二度と会わなかったってことだ」

口にしてから、失敗したと舌打ちをする。いまの言い方では、捜してくれなかったと責めているようだ。

いや、ようだ、ではなく実際責めていた。自分はその程度の人間なんだと傷つき、怒りも湧いた。もちろんそんなことを久遠には話していないが――。

久遠が、ちらりと視線を投げかけてくる。

自分から切り出しておきながら返事を聞くのが躊躇われて、言葉が発せられる前に和孝は立ち上がった。

肯定されても否定されても、文句のひとつも言いたくなるに決まっている。

悠長に話をしている時間はないと言外に告げ、慌ただしく朝食の片づけをしたあとは、

「食器片づけたら出るから」

言葉どおりすぐに久遠宅を出て、車で自宅へ向かった。

ハンドルを握り締め、まずいと顔をしかめながら。

ＢＭがなくなったこと、久遠の身辺が落ち着いていること、店が比較的順調なこと。理由はいろいろあるが、最近はすっかり気が緩み、これまで自分でも知らなかった地の部分が漏れ出てしまっているような気がする。

もし宮原さんが俺をＢＭに誘わなかったら、なんて無意味な問いかけをしたのもそのせいだろう。

なにやってるんだと呆れる半面、開き直る気持ちもある。吐き出せるときに吐き出しておかなければ、いつまた我慢を強いられるはめになるかわからない。久遠の傍にいるためにはこちらも図太くなる必要があるのだ。

自宅マンションが見えてきたのを境に、しつこく居座っている久遠の存在を頭から追い出した。四日ぶりの部屋はどこかじめっとしていて、不快だった。

部屋に入るとまず窓を開け、バスルームに干しっぱなしだった洗濯物を片づけることから始める。

シーツを洗濯機に放り込み、ざっと掃除をすませて、キッチンに移動する。冷蔵庫の中身を確認したところ、不在の間に牛乳の賞味期限が過ぎていた。

——いっそ久遠さんのところに転がり込めばいいのに。

そう言ったのは宮原だったか、津守だったか。

あり得ないと即答したが、実際この先もその可能性はゼロに等しい。と、和孝は思っている。これ以上久遠の足枷になるのはごめんだし、おそらく久遠も同じ考えだから、一度もそれに関して口にしないのだろう。

「……まあ、終始顔を突き合わせていたって、いいことはないだろうしな」

相性がいいとはお世辞にも言い難い。我を通すために何度もぶつかって、そのたびに本気で腹を立てた。縁を切ってやると吐き捨てたことも一度や二度ではない。

逆に考えれば、それでも続くほどには相性がいいと言えるのか。

「もうこんな時間か」

掃除機をクローゼットにしまい、車のキーを手にして部屋をあとにする。マンションの駐車スペースで車に向かう途中、なにげなく空を見上げた。

つい先日まで猛暑に喘いでいたのが嘘のように、空には雲ひとつなく、澄んだ空気が心地いい。駐輪場の脇に植えてあるヒメシャラの葉もところどころ色づいていて、すっかり秋の様相を醸し出している。

いくらもせずに冬が来て、春になって——毎年そうであるようにめまぐるしく過ぎていくのだろう。

来年も今日みたいな日であればいい。久遠の家から自宅へ戻ってきて、ふと空を見上げるような、そんな日であれば。

ふたたび車に乗り込んだ和孝は、しみじみとそう思いながらアクセルを踏み、現在の居場所であるPaper Moonを目指した。

八時半過ぎ、いつものように解錠して店内へ足を踏み入れる。

カウンター席とテーブル席合わせても十五席という小さな店だが、美しい木目と淡い色合いに惚れて床やドア、テーブル、棚に至るまですべてウォールナットで統一し、誰しもが落ち着ける空間にこだわった。

毎日のことにもかかわらず、誰もいない静かな店内に一番乗りする瞬間、新鮮な気持ちになるのは、和孝自身がここで癒やされているからだと思っている。

BMがあった頃は自分で店を持とうなんて気はまったくなかったし、思いつきで料理学校へ通い始めた当初にしても一度も考えなかった。

きっかけは、料理学校に通い始めて一年以上たった頃、久遠から聞かれた一言だった。

——卒業したら、どうするつもりだ?

あの言葉で和孝は、卒業後の身の振り方について真剣に考え出したと言っていい。自分でもなんて悠長なと呆れるが、当時は卒業することが目標であって、将来どうするかは二の次だったのだ。

レストランをやることに最初は抵抗があった。なぜなら、真っ先に父親を思い出すからだ。

父親との思い出はほとんどない。どこかに連れていってもらった記憶どころか、一緒に食卓を囲んだ憶えもなかった。子どもの頃は、それが当たり前だと思っていた。

母が亡くなったあと、子守やハウスキーパーと過ごしていた頃ですら疑問を抱かなかった。お父さんは私たちのためにお仕事頑張ってくれているの、という母の言葉を信じていたのだ。

だが、成長するにつれ、反感が芽生えた。そういうときに父親が連れてきたのが、いまの義母だ。

突然新しい母親だと言われても、受け入れられるはずがない。

若い頃の義母は明らかに金目当てに見えたし、実際、散財もしていて周囲には胡散臭い男たちが群がっていた。

その中にはやくざ者もいて、義母への嫌悪感は募る一方だった。

父親に似合いのろくでもない女。

あの頃の自分は、義母と父親への怒りで凝り固まっていた。

そんな自分がまさか父親と同じ道に進むなんて——幾度となくその可能性を打ち消したし、久遠にもそう話した。店を出すなんて絶対あり得ないから、と。

弟の孝弘から父親の話を耳にしても、内心では「俺には関係ない。他人だ」という思いが拭えなかった。

——他人なら、どうしてそこまで気にする。

そう言ったのは、久遠だ。そして、こうも言った。

——俺がこの世界に入った理由は、両親の死の真相を知りたかったからだ。ずっとそのためだけに生きてきたつもりだったが、いつからか優先順位が変わっていた。

久遠は木島組という大きな荷物を背負っている。恩のある木島から引き継いだ組という以上に、多くの組員とその家族の人生が肩にかかっているのだ。私情より大切なものができたというのは、そのとおりだろう。

――俺に父親を許して、店をやれって言ってる？

だが、久遠と自分はちがう。

反感をあらわにした和孝に、そうじゃない、と久遠は返した。

――優先順位を決めろと言っているだけだ。おまえにとって重要なのは、父親か、それとも自分自身か。

滑稽なことに、和孝はこのとき初めて父親抜きで、今後自分自身がどうしたいかを考えたのだ。

社交的ではないのに、どういうわけかひとと接するＢＭの仕事が好きだった。天職だとすら思っていた。

できれば同じ接客業につきたいし、それが自分の店ならこれ以上望むことはない。そう結論を出すのに時間はかからなかった。

――店を出したい。

久遠に話したとき、

――そうか。

返ってきたのはそれだけだった。

卒業前から動きだし、数ヵ月後、居抜き物件を見つけて希望どおりに改築した。この段階でほぼ貯蓄はゼロになったので、残りは久遠に頭を下げて用立ててもらった。もちろんローンで、月々返済している。

いまの生活は、自分にとってかけがえのないものだ。

あのとき背中を押してくれた久遠にどれほど感謝しているか。いつか目に見える形で返せたらいいと、それはいまの和孝の本心だし、目標にもなった。

奥のスタッフルームで仕事服に着替えた和孝は、真っ先にメニューボードに本日のランチメニューを記していく。

メインは、ポルチーニ茸(たけ)と雲丹(うに)を使ったクリームソーススパゲティ、もしくは三種のチーズリゾット。サラダとカポナータ、ドリンクつき。

その後下ごしらえに取りかかり、三十分ほどたった頃、村方と津守がやってきた。

「おはようございます」

ふたりは着替えをすませ、村方は厨房(ちゅうぼう)、津守は店の外へ出て仕事に取りかかる。十一時の開店時間に間に合わせるには悠長にしている暇はない。

一時期雇っていたアルバイトが一身上の都合でやめてからというもの、また三人でなんとかやりくりする日々だ。

およその下ごしらえが終わる頃、津守も店内外を完璧(かんぺき)に整えていた。

「お待たせして申し訳ありません。さあ、どうぞ」

オープンのプレートを掲げるのも彼の役目で、ＢＭ仕込みのなめらかな動きで津守が開けたドアから、本日最初の客、女性がふたり入ってくる。

「二名様、ご案内します」

その後も次々と来店する客を待たせることのないよう、和孝自身は調理に集中した。昼時になれば、近所にオフィスビルがあるおかげで常時満席、息つく暇もない。断らなければならないほど繁盛するのは、単純にありがたかった。

一段落するのは三時頃で、いったん閉めてふたたび五時から、今度はディナーメニューに変更する。

夜はリピーターに支えられていた。

なかには遠方から通ってくれる常連客もいて、閉店間際になるとみなで談笑する場合も多く、和やかなムードで一日を終える。

Paper Moonを始めてから半年、幸運にも店は順調で、先日は女性誌の取材も入った。もっともそちらは料理よりもイケメン揃いのレストランというのを前面に出すとのことで、白いコックコートにブラックパンツ、黒のロングエプロンと、ごく一般的なコスチューム姿をやたら写真に撮っていったが——宣伝になるなら、こちらとしてはどんな注目のされ方であっても構わなかった。

多くの客に来てもらって、長く続けていきたい。その思いがあるからこそ、三人で

Paper Moonを始めたのだから。

「ありがとうございました」

「またお待ちしています」

昼の客をすべて見送ったとき、村方の腹の虫がぐうと鳴った。

「そりゃあ腹も減るよな」

今日は、すでに三時を過ぎている。笑いながら厨房へ戻ろうとした和孝に、

「待ってください」

頬を赤らめた村方が鼻息も荒く右手を挙げた。

「僕に作らせてください。練習もかねて」

「じゃあ、任せる。材料は準備しておいたから」

手伝いのみならず、いずれはちゃんと調理に関わりたいと希望している村方の頼もしい申し出を快諾し、和孝と津守は賄い飯ができるまでの間、テーブル席の片づけをして回った。

待つこと、十数分。

「お待たせしました！」

いつものようにカウンター席で三人並び、野菜たっぷりのミネストラ、そしてパプリカを使った洋風豚丼（ぶたどん）を食べる。マヨネーズをかけてもうまいので、マヨネーズ好きの津守か

ら定期的にリクエストされるメニューだ。

「うまくできてる、村方くん」

洋風豚丼を頬張る津守は、続けざまにスプーンを口に運ぶ。

「うん。おいしい」

和孝が頷くと、村方がほっとした表情になった。

「味付けはオーナーなので、僕は、焼いただけですけど」

「焼き加減が大事なんだよ」

やわらかく、味もよく染みている。たれの分量もちょうどいい。忙しいときだけでも村方が厨房に専念できれば和孝としても助かるが、その場合、接客係がもうひとり必要になる。

なかには会話を愉しむためにやってくる常連客もいるため、特に夜の時間は三人だと手一杯になるときが多々あった。

「この前話したアルバイトの件、どう思う？　現状のままじゃ、トイレに行く余裕もないし」

先日も話した件について水を向けると、豚丼にマヨネーズを足していた津守が、確かにと答えた。

「昼はいいとして、夜の一番忙しい間だけでもアルバイトがいれば、村方くんが厨房とテーブルを行ったり来たりしなくてすむな」

反して、当の村方は複雑な表情をする。

「僕は別に苦じゃないです。というか、できれば、可能な限り三人でやりたいかなって……難しいですかね」

村方の言いたいことはよくわかる。ＢＭでともに働いてきた自分たちが新たに始めた店だからこそ、三人でやっていくことにこだわりがあるのだろう。

「村方くんがそう言うなら、俺もそれでいい」

同意する津守に、反対する理由はなかった。大変なのは事実だが、なんとかなっているうちは三人でやっていく、それが最善だというのは和孝も同じだった。

結局、みんな心のどこかでＢＭを引きずっているのだ。ＢＭでの日々は、いつまでたっても胸の奥深くにあって少しも色褪(いろあ)せない。

いいことも悪いことも含めて、すべてが大切な宝物だ。現にＢＭを思うとき、胸がなんとも言えず疼く。

あたたかく、甘く、ほんの少し切なく。

「――宮原さん。あのひとには本当びっくりさせられたな」

津守もＢＭを思い出していたのだろう、先日、突然店にやってきた宮原の名前を持ち出した。

宮原のことだから、きっと英国でもうまくやっているはず。帰国したときは、Paper Moonに招待して料理を振る舞いたい。と、それを励みにしてきたのに、突然ふらりとやってきた宮原は一、二年前に帰国していて、都内で会社員をしているらしい。それを本人から聞かされたとき、どれほど衝撃を受けたか。

「あのひとの秘密主義は、本当に徹底してるよな」

驚いたし、安堵(あんど)もしたし——正直な気持ちを言えば、少し怒ってもいた。すぐに連絡してくれなかったこと、久遠だけには電話をしていたこと、その久遠が自分に教えてくれなかったこと、すべてがショックだった。

半面、宮原らしいとも思う。

宮原は飄々(ひょうひょう)として見えて、信念のあるひとだ。見栄を張ってと本人が言っていたように、自分たちの前に顔を出すタイミングをちゃんと決めていたにちがいない。

「僕、宮原さんが会社員をしている姿がどうしても想像できません」

村方がそう言い、

「俺も」

と、津守とふたりで頷く。半隠居生活の宮原しか知らないせいで、朝から必死で駆け回っていると言われても、やはりぴんとこなかった。

「大変そうだったな」

とはいうものの、それについて心配はしていない。うまくやっているだろうことはわかっているので、和孝にしてみれば、今後は定期的に会えるようになって、いつか小さなバーでもやりたいと言っていたあの言葉を実現してくれれば、それがなにより嬉しい。

「じゃあ、アルバイトの件はとりあえず保留な。いまは三人でやっていって、どうしてもってなったときにまた考えようか」

本題に戻ると、村方が安堵の表情を見せる。その姿に覚えずほほ笑んだ和孝は、食べ終わった食器を手にスツールから腰を上げた。

「ってことで、がしがし働こう」

さっそくそれぞれ夜の営業へ向けての準備にとりかかる。

厨房で夜のメニューの準備を始めた和孝は、しみじみと充足感を味わっていた。

気の置けない仲間と始めた店が繁盛して、宮原が帰ってきて、聡と孝弘は受験に向けて頑張っている。

久遠はなにかと三島に振り回されているようだが、それも平和な証拠だろう。

間違いなくいまが一番安定していて、穏やかな日々だ。あとはできるだけこの生活が続けばいい、願うのはそれだけだった。

「柚木さん」

トイレに行ったはずの津守が、厨房の外から声をかけてきた。仕事中は「オーナー」と呼んでくるので、別件だと察し、野菜を洗っている村方を窺ってから津守に近づく。

「どうかした？」

どことなく表情が硬いのは、なにかあったからにちがいない。その理由はすぐに判明する。

「これ」

津守が見せてきたのは、ネットニュースだった。スマホを受け取り、無言でニュースを目で追っていった和孝は、背筋がひやりと冷たくなるのを感じた。

その記事は、約二時間前、横浜の結城組の事務所に銃弾が撃ち込まれたというものだ。怪我人はなく、犯人についてはまだ不明。暴力団の抗争か、と大雑把なフレーズで締めくくられていた。

「……嘘だろ」

真っ先に久遠の身を考える。

結城組が銃撃されたなら、久遠にも関係してくる。いま頃三島に呼び出されて、対処に追われているかもしれない。

木島組はいま落ち着いていると聞いたし、実際平穏に見えるのでそう信じていた。だが、それは表面上であって、内情となると部外者の和孝にはわからなかった。

たとえ水面下でいざこざがあったとしても、久遠はけっして自分には教えてくれないだろう。

そのことには納得しているつもりだ。ただ、すべてを知っておきたいわけではなくても、毎日が平穏であればあるほどこういうニュースに直面するたびに、スイッチが切り替わっていままで積み上げてきたものが白紙に戻るような不安を覚える。

そこには、これ以上悪いことが起きないようにと祈ることしかできない自分への焦燥もあった。

「三島さんの事務所だけに気になるな」

ぼそりと漏らされた津守の一言には、鼓動が一気に速くなる。木島組が襲われ、久遠が被弾したときの記憶がよみがえった途端、血の気が引き、身体が震えだす。

反射的にカウンターテーブルにあった携帯電話を拾い上げると、着信履歴から久遠の番号を探し当てた。

電話をしようとした和孝だが、すんでのところで思い留まる。

いま、この段階で自分が動揺して電話したところで邪魔になるだけだ。まだ詳細も不明なうちから取り乱すなど、すべきではない。

唇を引き結び、落ち着けと自身に言い聞かせながら深呼吸をくり返す。

銃撃されたのは結城組で、幸い怪我人もなかった。いまは過剰に心配するより、そちらに安堵すればいい、と。

もとより銃撃犯の目的は気になる。不動清和会四代目の事務所と承知で銃撃したはずなので、個人的怨恨、不動清和会への宣戦布告と理由はいろいろ考えられるが――。

「俺が探りを入れましょうか？」

津守の申し出に、かぶりを振る。津守ならツテを使ってなんらかの情報を得られるとわかっているけれど、そうするともっと詳しく知りたくなって、仕事が手につかなくなる。

「ありがとう。でも、横浜の話だし」

あえて軽い口調で返し、厨房に戻った。銃撃事件のことは頭の隅に押しやり、以降は本来の仕事に集中した。

営業中は気が張っていたので滞りなく切り盛りできたものの、最後の客が帰っていった途端にまた不安が頭をもたげる。

厭な予感ほど当たるというのは、これまでの経験から学んでいた。しかも、それが危険であればあるほど確率は上がるというのも。

久遠は、そういう世界に身を置いている人間だ。

「今日のご飯はミートドリアだよ」

オーブンで焼く間に、オニオンスープを用意する。スープ皿を並べていく際、うっかり手が滑って一枚落としてしまった。

「あ」

かしゃんと音がして、床の上で皿は真っ二つに割れる。慌てて拾おうとした和孝だが、それより早く横から手が伸ばされた。

「俺がやるから、柚木さんは電話してきて」

平静を装っているつもりでも、津守の目はごまかせていないようだ。

「ご飯の用意は僕がやりますから、オーナーは座っててください」

なにも知らないはずの村方にまで気遣われるのだから、よほどあからさまなのだろう。

「ごめん。ちょっと疲れてるのかな」

意地を張らずにカウンター席についた和孝は、携帯電話を手にとった。電話をするためにではなく、ネットニュースをチェックするのが目的だった。が、なんの進展もなく、昼間以上の情報は得られなかった。

「以前なら、誰が止めても突っ込んでいったんじゃないの？　なに遠慮してるんだか」

らしくない、とサラダを並べる傍ら津守に指摘されても一言の反論もできない。らしくないのは、自分が一番よくわかっていた。

確かに、以前は蚊帳(かや)の外に置かれていることが我慢できず、周囲の目も思惑も無視して多少の無茶もしてきた。

そうでもしなければ、久遠とともにいるのは難しかった。

それなら、以前とはなにが変わったのか。

大人になったから？　ＢＭがなくなったこと？　それとも、自分の店があるから？　守るものができて、意地や勢いで行動できなくなった？

どれもそのとおりで、全部ちがうような気がする。

「ていうかさ、忙しいんだろうけど、電話の一本くらいしてくれたっていいんじゃねえの？」

なんの気晴らしにもならないが、この場にはいない久遠を責める。肩をすくめるだけで津守はなにも言ってこなかったので、その後は他愛のない話をして、いつもと同じ並びでカウンター席に三人腰かけ食事をした。

村方と津守が帰っていき、ひとりになったあと、着信が入っていたことに気づく。冴島からだ。

きっと冴島も今回の銃撃に関して案じているにちがいない。

すぐにでも折り返しかけたいが、深夜なので冴島はもう床に入っている時刻だった。明日かけようと決め、和孝は施錠すると店をあとにした。

2

腕組みをして上座に座っている三島の仏頂面を、みなで黙して窺う。横浜にある結城組に集められたのは、東京・神奈川の直参、いわゆる直系の上層部だ。三島四代目のもと、本部長の山城、若頭補佐関東ブロック長の八重樫、顧問の鴇田他、幹部の鈴屋、岡部、宇田川。

久遠の目から見ても、一様に表情は硬い。

不動清和会四代目会長の組事務所に二発の銃弾を撃ち込まれながら、いまだ犯人が不明なのだからぴりぴりとした雰囲気になるのは至極当然だった。

「えー、ここで顔を突き合わせててもしょうがないんじゃないですかね。うちもいま若い奴らに探らせてるんで、動くならその結果を待ってからでしょう」

口火を切ったのは、三代目の引退後、稲田組組長を襲名した鈴屋冬馬だ。鈴屋は三代目の実兄の息子にあたり、年齢は確か久遠より二つ下の三十三歳。当初は若頭の中林が有力候補だったにもかかわらず、いざ蓋を開けてみると鈴屋が跡目に決まっていた。

三代目の推挙もあったというので、親父さんも人の子、他人よりやはり甥が可愛いらしいと陰口を叩く者もいたというが、久遠自身には予測の範疇だった。

　鈴屋は頭の切れる男だ。

　黙っていても組長の座が巡ってくると自分の立場に胡座を掻いていた中林とはちがい、人畜無害の外見や態度を利用したうえでの根回しを怠らなかっただろうことは容易に想像がつく。

「なんだあ？　鈴屋。四代目の呼び出しが気に入らねえって言ってんのか？　だいたい時間に遅れてきやがるし、舐めてんじゃねえだろうな」

　さっそく八重樫から恫喝が入り、鈴屋が両手を上げて降参の意を示す。四十代、五十代の者たちからすれば、若造と肩を並べること自体、腹立たしいようだ。

　やくざになるような男は、自分が一番だと思っている者たちが多い。上層部ともなればなおさらだ。

「すみません。ただ俺は、疑わしいところを挙げれば切りがないって言ってるんですよ。東北の一賀堂、西のはなぶさ、九州の天浪。あと、身内だからって手放しで信じるっていうのもどうかなって思いますし」

　火に油を注ぐとはこのことだろう。

　暴言ともとれる言葉になにか意図があるのか、鈴屋の眼鏡の奥の双眸を窺うが、みなが立ち上がったせいで視界がさえぎられた。

「てめえ、自分がなに言ったかわかってんのか！」

「いまの発言、どういう意味だ！　身内を疑えってのかっ」

飛び交う怒声に、どうしたものかと一度目線を横にある龍のオブジェにやる。龍は三島のシンボルで、自身の胸や背中に龍の刺青を彫っているばかりか、妻や愛人にも同じものを入れさせていると聞く。

とかく派手好きな三島が現時点で黙っているのは、みなの反応を窺いつつ、もっとも効果的なタイミングを図っているからにちがいなかった。

「まあまあ、かりかりしたってしょうがないじゃないか」

普段なら老齢の鴇田顧問が仲裁に入るととりあえずおさまるが、今日はその声も届かない。激昂ゆえ、という以上にみな痛くもない腹を探られたくないと自己保身からのように見える。

痺れを切らしたのか、ようやく腕組みを解いた三島は、はあ、と大げさにため息をついた。

「どいつもこいつも情けねえな」

四代目の一声に、鈴屋を責めていた男たちは渋々口を閉じる。全員が腰を下ろすのを待って、おもむろに三島が切り出した。

「執行部に幹部、これだけのメンツが揃って、まともな話ができる奴がひとりもいねえのかよ」

ぐるりと見渡し、うんざりした様相で肩をすくめる。一連の動きがオーバーアクションぎみなのは、いまに始まったことではない。

態度や目つき、仕種で威圧するのが三島のやり方だ。

「自分に任せろ、きっちり始末をつけてやるって名乗りでる奴が、なんでひとりもいねえのかって聞いてるんだよ」

どうなんだ、と三島は詰め寄るが、手を挙げる者はひとりもおらず、場は水を打ったようになる。

また無茶なことを、と腹の中で久遠は返した。

三島が直接狙われたというならまだしも、窓ガラスに二発食らったくらいで鉄砲玉を出せと言われても誰が頷けるだろう。結城組で処理してほしいというのがみなの本音だ。

暴力団対策法の改正によってただでさえ締めつけがきつくなっているときに、使用者責任でも適用されて組長まで後ろに手が回っては、組の存続自体危うくなる。

誰しも自分の身が可愛いし、進んで貧乏くじを引きにいく者などいない。

今回の件に関しては、久遠自身しっくりきていなかった。結城組の窓ガラスを割るメリットがどこにあるのか。案外、鈴屋の言葉は的を射ているのではと、そこまで考えたとき、三島と視線が絡み合った。

「久遠」

三島の呼びかけに、幹部の目が一斉にこちらへ向いた。

「さっきから黙ったまんまだが、おまえはなにを考えてる。口を噤んでねえで、意見を聞かせろ」

みなの表情から、どうにか場をおさめろという期待がひしひしと伝わってくると同時に、おまえが火の粉を被ればいいと、そんな思惑も透けて見える。

以前に比べて多少風当たりは弱まったとはいえ、とんとん拍子に若頭の座まで昇ってきた久遠を面白く思っていない者は多い。不動清和会への金銭的貢献が大きいうちは表立っては口を噤んでいても、なにかあったときは即座に蹴落としにかかるだろうことは想像に難くなかった。

一枚岩だと言われて久しい不動清和会であっても、所詮はやくざのすることだ。昨日の友は、簡単に今日の敵になってしまう。

船頭である三島からしてそういう男なのだ。

「根っこを断つには、鈴屋の言ったように銃撃犯を特定するのが先決だと俺も思います。まずは情報でしょう。どうするかは、そのあとでいいのでは？」

「ほらほら！」

言い終わるか終わらないかのうちに、鈴屋が得意げに胸を張る。

「久遠さんも俺と同じ意見」

親しげな笑みを向けられ、顔には出さなかったものの内心ではうんざりしていた。三島に手を焼いている現状で、これ以上癖の強い人間に懐かれるのはごめんだ。

「おまえも、身内の可能性があると思ってるのか？」

「現時点で身内を疑う必要はないと言っているんです。何事も順序立てて動くほうが近道だと思いますが」

請われるまま答えると、三島がうるさそうに右手を払う。

「あー……エリートは理屈っぽくて好かん」

鼻に皺を寄せて一蹴しておきながら、また腕組みをすると、にっと唇を左右に引いた。

「でもまあ、確かに一理ある。実行犯を捕まえて、吐かせればわかることだ。糸を引いているのが、外か内か」

あちこちから、唸り声が上がる。

結城組の中での内輪話ならまだしも、上層部が顔を揃えている場でなされた四代目の発言となると事は重大だ。意味は同じでも、鈴屋が言うのとはわけがちがう。

四代目が、身内を疑っていると明言したも同然なのだ。

「いくらなんでも、その言い方はないいんじゃないっすか」

真っ先に抗議したのは、またしても八重樫だ。昔気質の極道である八重樫にしてみれば、この状況は看過できないのだろう。

短髪をがしがしと掻き、その手で自身の膝を叩いた。

「自分らは、みんな四代目を守り立てようと頑張ってます」

険しい表情で身を乗り出す八重樫に、同じく古いタイプの極道、山城も続く。

「身内を疑われちゃあ、わしらも黙っちゃいられません」

それをきっかけに全員が不満を口にし、我先にと潔白を訴え始めた。

「あの、真下さんは今日、どうされたんですか？」

空気を読まずに鈴屋が割って入る。

「ああ？　インフルだってよ」

真下と兄弟の盃を交わしている八重樫の返答に安堵の笑みを見せたかと思うと、

「俺はまた、後ろめたくて顔が出せないのかと思ってました」

不用意な一言でいっそうの混乱を誘う。予想どおり八重樫は激怒し、たったいま三島に詰め寄っていた他の者たちも標的を鈴屋に変えると、摑みかからんばかりの勢いで責め始めた。

もし三島から矛先をそらすのが目的だとしたら、とりあえずは成功だ。

「鈴屋、てめえ、どういうつもりだ！」

「ことと次第によっちゃ、いくら三代目の後ろ盾があったところで許さねえぞ」

「だいたい、若造のくせに生意気なんだよ」

口々に罵倒する男たち。

そんなつもりじゃなかったと、謝る鈴屋。

いったいなんのために横浜まで足を運んできたのか。なんの成果もないばかりか、このままでは険悪な状態で別れることになる。

こうまで収拾がつかなくなった場をおさめられるのは、三島ひとりだ。眺めているだけの三島へ、もういいでしょうと告げると、ははと笑い声が返ってきた。

「見ろよ。まるで一匹のメスを奪い合ってるオス猿だな」

「またなんて喩えを――」

自ら火種になるきらいのある三島を諌める。幸い熱くなっている男たちの耳には入らなかったが、もし聞こえていたならまた不毛なやり取りのくり返しになるだけだ。

「面白いだろ?」

らしいというかなんというか。

三島という男は豪快に見えて、そのじつ計算高く、神経質で、疑り深い。それゆえ、時折試すような言葉を口にする。

先刻の「外か内か」の発言もそうだし、いまの猿の話については、久遠を試しているのだろう。

安易に同意すれば、いつどこで使われるかわからない。

「やめろ」

三島が、ぱんと手を叩いた。

「いつからうちは、年功序列になったんだ？　意見のない奴はとっとと帰って昼寝でもしてろ」

やっと騒動がおさまる。

熱くなっている男たちはまだ足りないのか鈴屋を睨みつけたまま、舌打ちをしつつも三島に従い席へ戻った。

「は……助かった」

鈴屋は無残な有り様だ。さんざん小突かれたせいで上着の前ははだけ、ワイシャツの釦がいくつか飛んでいる。眼鏡も曲がり、髪はひどく乱れているが、血の気の多い男たちに囲まれて殴られなかっただけマシだろう。

「俺だって、べつに身内を疑ってるわけじゃねえよ。少なくともここにいる奴らはな。俺が言いたいのは、誰でもいいからうちの組に弾を撃ち込んだ野郎を片づけろってことだ。それと、真下だが、女と温泉にいるらしい」

さらりと付け加えられた一言に、八重樫が青褪める。

要は、さっきから三島が意味深長な言い方をしていたのは、真下が仮病を使って会合に参加しなかったことへの不満と、自分たちへの牽制だったというわけだ。

嘘をついてもすぐにわかる、と。

「まあ、それはいい。本来ならせっかく集まってくれたんだし、一席設けたいところだが
――今日はそんな気分じゃなくなった。とりあえず解散」

笑っているのは三島だけで、なんとも重い雰囲気のなか散会となる。みな口には出さないものの、内心では真下への悪態を並べているにちがいなかった。

都合をつけてわざわざ足を運んできたあげくが、三島からの厭がらせにも等しい命令なのだからどこかに八つ当たりしたくなっても致し方ない。

「久遠」

三島に呼ばれ、足を止める。

「控えてますので」

差し出された煙草を辞退したのは、長居を避けるためだった。

「やくざが禁煙してどうする。長生きしようって？」

実際には禁煙しているわけではないが、あえて否定しなかった。表情からどうせろくな話ではないだろうと思ったからで、事実、返答に困る問いを三島はしてきた。

「おまえはどうなんだ？　俺が死ねば、間違いなくおまえがてっぺんだ」

否定してもどうせ信じないくせに、と思いつつ、ぷかりと煙を吐き出した三島にその場で答える。

「そうですね。けど、三島さんは当分死ぬ予定はないでしょう?」

三島が四代目の座について約二年半。

この瞬間隠居したとしても、特別短い在任期間にはならない。二代目はわずか一年足らずであっさり座を譲ったし、不動会と清和会がまだ別々だった頃には各地で抗争が激化し、短いスパンで代替わりをしていた時期もある。

久遠がまだこの世界に足を踏み入れる前の話だ。

「ねえな」

はっと三島が鼻で笑ったのを最後に、久遠は黙礼して部屋を辞す。結城組の面々に見送られてビルを出て、車の傍に待機していた沢木が開けたドアから身を入れようとしたとき、

「久遠さん」

今度は鈴屋の待ち伏せに遭った。

「結城組の前でできる話だろうな」

前もって念押しすると、鈴屋が苦笑する。鈴屋個人にはなんの心慮もないとはいえ、なにかと目をかけてくれた三代目への恩義があるため、この男の言動は無視できなかった。

「そんな脅さなくても大丈夫です。俺はただ、今度の件で久遠さんの意見を聞きたくて待っていただけですから」

愛想よく笑う鈴屋を一瞥して、久遠は車中へ身を入れる。

「さっき話したとおりだ」

いったいなにを言わせようというのか、鈴屋は沢木の前に身を乗り出してなおも食い下がってくる。

「内部の可能性がどれくらいあると考えていますか？　なんなら、うちは別行動にしても構いませんよ」

「…………」

みなが犯人捜しをしている間に身内を調べると言っているようだ。確かに合理的だが、もしそれが間違いだったときは、鈴屋自身がスケープゴートにされる可能性は高い。たとえ身内であっても、謝罪ですまされるほど甘くはない。

――冬馬は頭の回転は速いし、度胸もあるが、いざというときの慎重さに欠ける。

いつだったか、三代目がこぼしていたのを思い出す。

自身の嫡子である慧一より上に立つ資質はあると話していたのは、そのひとり息子が中国に渡る前だった。

「好きにするといい。だが、俺ならやめておく」

一言告げ、沢木に視線を送る。まだなにか言いたそうな顔をしている鈴屋を押しのけドアを閉めた沢木は、運転席に乗り込むとすぐに車を発進させた。

久遠自身に限って言えば、突っ走るタイプは嫌いではない。特にこの商売では、そういう人間も必要だ。

胸ポケットの中で携帯が震えだす。かけてきたのは上総だった。

『お疲れ様です。そちらはいかがでしたか？』

上総にしても答えの予測はついていての質問だろう。

「なにもない」

久遠がそう返すと、案の定と言わんばかりに吐息をついた。

『時間の無駄でしたか』

「まあ、わかっていたことだ。あのひとがとりあえず満足したなら、まったく無駄というわけでもない——で？」

一拍の間の後、上総は本題に入った。

『都内のキャバクラで、今回の銃撃事件は自分がやったと吹聴して回っている者がいるようです』

さらに言葉は続く。

『いくつか目星をつけて張らせてますので、早晩引っかかるでしょう』

「わかった」

短いやり取りで電話を終える。ポケットに携帯をしまうタイミングを見計らい、沢木が口を開いた。

「こんなときに上層部を集めるなんて――俺がもし敵側なら、その中に突っ込んでいって一網打尽にしてやりますよ」

物騒な台詞ではあるものの、沢木の言うことはもっともで、それが一番手っ取り早い。もし自分であってもみなが雁首を揃えている場を狙うだろう。帰りの切符を持たないのが、本来の鉄砲玉だ。

「沢木」

「あ。すいませんっ。俺、つい、出過ぎた真似を……っ」

叱られると思ったのか、沢木が肩を縮め、何度も謝ってくる。

上役、それも四代目に対して異を唱えるなど本来あってはならないことだが、この件で沢木を叱責するつもりはなかった。

「車を降りたら、いまの話は誰にもするなよ」

釘を刺しただけで終わらせる。
二十二、三の沢木にもわかることが、三島にわからないはずがないと思いながら。
となると、やはり今回上層部を集めたのは、三島自身が内部犯行を強く疑っているからか。みなの出方を見て、腹の中を探るつもりだったとしてもなんら不思議ではない。

木島組に到着すると、みなの出迎えのなか車を降り、エレベーターで上階へ向かう。自室へ戻った久遠は、凝った首を左右に傾けつつデスクにつき、煙草を唇にのせた。

火をつけたその手で、携帯から和孝へ電話をかける。ちょうど店が終わり、いまは自宅に戻った頃か。

『やっとかよ』

おそらく機嫌を損ねているだろう、そう思ったとおり、最初に耳に届いた言葉は、やはり自分への文句だった。

『べつにいいけど、俺はいっつも後回しだよな。百人目くらい？ べつにいいけど』

二度もべつにいいとくり返すくらいだから、よほど焦れていたらしい。声音にも皮肉がたっぷり含まれて、久遠は頬を緩めた。

「悪かった。これでも、横浜から戻ってすぐにかけたんだが」

わかってるよ、と和孝が小さく舌打ちする。

『単なる愚痴だから、聞き流してくれていいし』

苦い声でそう言ったあと、それで、と先を続けていった。

『長引きそう？』

和孝にしてみれば、もっともこれが心配なのだろう。口調こそ普段と変わらないとはいえ、自分の返答をじっと待っているのがわかる。

長引けば長引くほど事態は悪化していくと、和孝も知っているのだ。

「いや、手がかりを見つけたから、それほど引っ張らないはずだ」

少しは安心材料になるかと、そう答えた久遠の耳に心からの安堵が伝わってくる。

『そっか。なら、いい』

なら、いい。この言葉を何度聞いてきたか。

久遠の話になると途端に口が重くなる和孝だけに、一言に込められた感情が手にとるようにはっきりと伝わってきた。

「おまえは？」

Paper Moonの経営に関しては順調と聞いているので、それ以外について問う。

『いたって平穏。普通どおり。今日も滞りなく終わった。店は忙しかったし――ああ、ひとつあった。洗濯機を回したまま干すのを忘れて家を出た』

「帰ったら、やり直しだな」

『面倒くさい』

他愛のない話をするうち、ずいぶん気がまぎれる。和孝を後回しにしているつもりはなかったが、もしそうなら、久遠自身がこういう時間を欲しているからかもしれない。

厄介事はとりあえず脇に置いて、声を聞く。それがほんの二、三分であっても、自分が心からリラックスしていると知る瞬間だ。

「片がつくまでは、うちに来ないほうがいいだろう」

『家でのんびりしてるよ』

「――そうか」

『なに？　いまの間は』

「いや、聞き分けがよくなったものだと思って」

は、と吐き捨てる声が聞こえてくる。鼻に皺を寄せ、唇を歪めた顔を思い浮かべると、頬が緩んだ。

『あーはいはい。聞き分けのいい俺はおとなしくしてますよ』

おやすみと、和孝のその言葉を最後に携帯を耳から離す。

デスクの上に置き、ふたたび煙草を咥えた久遠は、椅子の背もたれに背中を預けて、ぐっと伸びをした。

――けど、三島さんは当分死ぬ予定はないでしょう？

――ねえな。

不動清和会にはまだ三島が必要だ。圧倒的な力で他者をねじ伏せていく三島のやり方には批判も多い半面、歓迎している者も少なくない。現に穏健派だった三代目から三島の代になって以降、不動清和会の傘下に入ることを望む組も増えている。

いまの時世に逆らい、突き進むところが三島の魅力だ。

「まだ死なれちゃ困る」

本音を呟き、久遠は天井へ向かってぷかりと煙を吐き出した。

久遠との電話を終えた和孝は、深呼吸をしてベッドに入る。考えだすと止まらなくなるのはわかっているので、頭の中を真っ白にして固く目を閉じた。

現段階で自分がすべきなのは過剰に心配することではなく、普段どおりの生活を送ることだ。

下手に動けば久遠の手を煩わせるはめになると、これまでの数々の出来事で厭というほど味わってきた和孝にしてみれば、それが唯一できることだと理解していた。らしくないというのは重々わかっていても。

「…………」

明日も仕事だ。早く眠らなければ。

そう思えば思うほど頭の芯が冴えて眠れなくなる。気休めと承知でとうとう羊まで数え始めたものの、当然ながら効果はない。

目をぎゅっと瞑ったまま、時間ばかりが過ぎていった。

「ああ、くっそ！」

だが、じっとしているにも限度がある。結局、ベッドから起き上がった和孝は、昼間津守に言われた、遠慮しているという言葉を思い出していた。

「そのとおりだよ。遠慮してひたすら待つだけなんて、俺の柄じゃないんだ」

眠れない腹いせもあって、もともとは久遠のせいだと詰り、サイドボードの上の携帯に手を伸ばす。どうせまだ起きているだろうから、一時だろうと二時だろうと構うことはない。

四回の呼び出し音のあと、ようやく久遠が電話に出たのだが。

『なんだ。子守歌でも歌ってほしいって？』

茶化されて、むっとする。ひとが悶々としているというのに、いい気なものだ。

「そんなわけないだろ」

こうなったら溜まりに溜まっている鬱憤を全部ぶつけてやろうと、時刻も事情も無視して口火を切った。

「前々から思ってたんだけどさ、なんで俺は後回しなわけ？　俺が根掘り葉掘り聞くとでも思ってる？　一分——いや、三十秒でいいから電話一本かけてくれようって気持ちがあんたにはないのかよ。というか、そもそもあのひと、なに。今回はそりゃあ仕方ないのかもしれないけど、日頃からクラブだゴルフだって呼び出すのはちがうよな。なにが四代目だよ。ふんぞり返ってるくせに、いい歳をしてひとり遊びもできないのか」

三島の顔を思い浮かべるとますます厭な気持ちになり、顔をしかめる。あの男がなにかと久遠を傍に置きたがるのはなんらかの思惑があるからだろうが――和孝にしてみれば、そんなのは知ったことではない。

　子どもっぽいと承知で、不平不満を並べていく。

「いや、あのひとのことはどうでもいい。俺が言いたいのは、久遠さんの態度だから。あ、もしかしてやくざとつき合うなら、それくらい我慢しろって言うつもり？　冗談じゃねえ。なんで俺が毎回遠慮しなきゃならないんだ」

　ふん、と鼻息も荒く言い捨てた。

　まだ足りないような気がするが、とりあえずはすっきりした。反論があるなら言ってみろと身構えていると、くすりと笑う声が耳に届く。

「え、俺、いま笑い話をした？」

　厭みったらしく返した言葉に、そうじゃないと久遠が答えた。

『最近は聞き分けがよかったから、久々だと思っただけだ』

「……なに、それ」

　無理をしていたことに、どうやら久遠も気づいていたらしい。それはそうだ。ストレートに文句をぶつけたのは、ずいぶんと久しぶりだった。

『一度こうと決めたら、俺がなにを言おうと退かなかっただろう？』

「それは……」

久遠さんのせいでもあると言ってやりたかったけれど、途中で気が変わる。意地を張ることで自尊心を保っていたなんて恥ずかしい過去を、自ら蒸し返したくはない。

「とにかく、俺をおとなしくさせておきたかったら、電話をする間を惜しむなってこと」

こほんと咳払いをして、話をもとに戻した。

『ああ、よくわかった。次に会ったときは、耳元で子守歌でも聞かせてやる』

「だから、なんでそういう話になるんだよ」

こちらの気も知らず、その一言で結論づけた久遠にかちんときた和孝は、また同じ文句を一言一句たがえず聞かせてやろうかと口を開いたものの、さすがに大人げないかと思い留まる。

和孝にしても、すぐ久遠と張り合おうとする自分のこういうところがいつまでも半人前扱いされる理由だと自覚していた。

むきになって突っかかってばかりでは、以前と同じだ。

「あ、そ。じゃあ、愉しみにしてるよ」

そう言ったあとで、脱力してかぶりを振る。

「俺——真夜中に、なにやってるんだろ」

とはいえ、ずいぶん気が楽になったのも事実だ。昔から、久遠に向かって悪態をつくと妙に気持ちが落ち着いた。精神安定剤みたいなもの、と言えばきっと呆れられるだろうが、こればかりは仕方がない。

どんなときであろうと自身のスタンスを崩さない久遠だからこそ、たった一言で安心もするし、心配にもなる。

『眠れそうか？』

穏やかな声の問いかけに、口許が自然に綻ぶ。

「おかげさまで」

実際、さっきまでの息苦しさは消え、不安も薄らいでいる。現金だな、と自分でも呆れるほどだ。

「おやすみ」

気をつけてという気持ちを込めて伝え、それを最後に電話を切った。

ふたたび横になると、目を閉じる。先刻まではちがい、いくらもせずに眠気に襲われた。

「……気をつけて」

今度は口に出してそう言い、睡魔に身を任せる。

夢も見ずにぐっすり眠れたおかげか目覚めはすこぶるよく、心地よい朝を迎えた。

手早く朝食をすませ、支度をして家を出る。店に着くと、いつも同様メニューボードに書き入れることから始めた。

九時半になったところで一度手を止め、冴島（さえじま）に連絡する。やはり冴島は、和孝がやきもきしているだろうと案じて電話をしてくれたようだ。

近況を簡潔に報告し合ったあと、本題に入る。

「あの件で電話くれたんですよね」

ああ、と冴島の声のトーンが変わった。

『なにやら面倒な事態になってるんじゃないか』

「困ったことに、そうみたいです」

自分にとって冴島は、祖父、そして父親同然だ。実の父親と疎遠なぶん、冴島に対して特別な思いを抱いている。

冴島ほど自分を理解しているひとは他にはいない。なにしろ見ず知らずの若造をなにも聞かずに家へ置き、まともな環境を与えてくれたひとだ。

規則正しい生活、料理、ご近所とのつき合い。

『おまえさんは案外心配性なんだから、ひとりで悶々としてないで本人にぶつけたほうがいいぞ?』

学んだことは他にもある。

他人に対する敬意、細やかな気配り。口では厳しいことも言うが、冴島は思いやりにあふれたひとだ。

だからこそ他の誰にも話せないような本音も打ち明けられる。

「もちろん、ぶつけてやりました」

と同時に、久しぶりに冴島の小言を聞きたくなった。

――まったくおまえは、うちに来る子どもらと変わらんな。

そうこぼす冴島のまなざしはいつもあたたかい。久遠に対して素直な気持ちになれたのも、冴島のおかげが大きかった。

久遠との関係をちゃんと説明したわけではないのに、初めから受け入れ、自然に接してくれたことがどれほどありがたかったか。

大変な経験もしたけれど、間違いなく自分は周囲に恵まれていると思う。そのぶん大事なひとも増えていき、守るべきものもできた。

『そりゃあよかった。久遠くんもこれで下手な真似はできないだろうよ』

「ならいいんですけど」

軽くあしらわれているような気もする――とこぼした和孝に、冴島が穏やかな言葉を繋げていった。

『おまえさんは、ちゃんと楔になっていると思うがな』

冴島が、今回の件では久遠のみならず和孝自身をも案じてくれているのだ、と知るには十分だった。

先生も心配性だから。

和孝は、胸があたたかくなっていくのを感じていた。

「冴島先生。いいかげんうちの店に来てくださいよ。一推し料理を用意して待ってますから」

何度目かの誘いには、やはりこれまでと同じ返答がある。

『行かんと言ってるだろう。儂はハイカラなものを食べたら、腹を壊す』

「またまた。先生の腹がそんなデリケートなわけないでしょ」

『相変わらずの減らず口は、そのなんとか料理とやらのせいじゃないのか』

「なんとかじゃなくて、イ、タ、リ、ア」

朝から冴島と言い合い、一気に気分が上向く。

「来てくれるまで、誘いますから」

耳に届いた呆れを含んだため息は、もちろん素知らぬ顔で聞き流した。冴島にはどうしても店を見せたかったたし、自分の作った料理を食べてほしい。そして、もしできるなら宮原も交えて、昔みたいに食卓を囲みたい。

だって、あなたが俺の料理の師匠なんですよ。なんて照れくさくて言えないけれど、それが和孝の本心だった。

冴島との電話を終えてまた仕事に戻った和孝は、昼、夜と慌ただしい一日を過ごす。最後の客が帰っていき、洗い物をする村方(むらかた)の横で賄い飯を作り始めると、プレートをクローズに変更するためいったんドアの外へ出た津守が、待ちかねたひとを連れて戻ってきた。

ようやく二度目の来店だ。

「宮原さん！」

厨房(ちゅうぼう)を飛び出して迎えた和孝に、宮原は人好きのする笑みで応(こた)えてくれた。

「ごめんね。またこんな時間に突然来て」

「なに言ってるんですか。こっちは待ってたんですよ。宮原さんなら、いつだって大歓迎です」

そう言って、先日と同じ奥のテーブル席へと招く。

「やっぱり、なんだか落ち着く」

宮原のその言葉がなにより嬉(うれ)しい。シャツの上にカジュアルなジャケットを身に着けているところを見ると、仕事帰りではなく、わざわざ帰宅後に出てきてくれたのだろう。

しらすとねぎをのせたブルスケッタ、バジルとトマト、チーズのニョッキ、エリンギのフリット、それから賄い飯用のポテトサラダと混ぜご飯を宮原のリクエストに応えて用意し、ワインで乾杯する。

BM(ビーエム)に勤めていた頃は宮原と酒を酌み交わすことなどほとんどなかったため、こういう時間を持てる、それ自体が和孝には貴重だ。

「柚木くん、これ、おいしい。和風なんだね」

いっさい自炊をしないという宮原が、一口食べるたびに褒めてくれるので、くすぐったい気持ちにもなった。

「久々にまともなご飯を食べた。普段は、会社に行って帰るだけでいっぱいいっぱいだから」

自分には向かないと言いつつも会社員を続けているという宮原に、

「やっぱり、手料理を食べさせてくれるお相手が必要ですよ。僕は宮原さんの身体が心配です！」

真剣な面持ちで村方が詰め寄る。

「お相手ねえ」

小首を傾げた宮原は、この後、思いもしなかった一言を口にした。

「まあ、いるというか、いないこともないというか」

「え！」

思わず声を上げたのは、和孝ひとりではない。津守も、村方も一様に驚き、目を大きく見開く。

それも当然で、宮原とは長いつき合いになるが、浮いた話を聞くのはこれが初めてのことなのだ。

「でも、この前は一言もそんなことおっしゃってませんでしたよね」

村方がそう言うのは無理からぬことで、先日、自分にも恋愛できるだろうか、頑張って美女かハンサムを連れてくると話したばかりなのだ。

前回あえて隠したとは思えないので、一週間や十日で恋人と呼べるような相手ができたのだとしたら――。

「社内恋愛ですか？　急速に近づいていったとか？」

それがもっとも可能性が高い。いや、あの後、どこかで劇的な出会いを果たしたとも考えられる。

「もしかして、一目惚れ？」

つい矢継ぎ早に質問した和孝に、宮原は苦笑した。

「どっちもちがう。っていうか、この話、やめない？　照れくさいんだけど」

こんな中途半端な状態でやめられるわけがない。と、和孝が言うまでもなく、村方が首を左右に振る。

「駄目ですよ。いまやめられたら、僕、悶々としてしまいます」

そのとおりだ。津守にも同意を求め、宮原をじっと見つめて答えを待った。

「まあ、べつに秘密にしたいわけじゃないからいいんだけど。ほんとに、聞いてもらうほど面白いエピソードはないんだよ」

そう前置きしてから、ようやく重い口を開く。宮原の言葉に反して、それは意外で、興味深い話だった。

「向こうに滞在中ちょっとあってね。あ、この前ここに来たときは本当になにもなかったんだよ。でも、日本で偶然再会して、まあ、それからなんとなく遠距離恋愛的な？」

「――遠距離恋愛」

まるでドラマか映画のような展開に、吐息がこぼれる。

日本とイギリスに離れて暮らしているふたりが偶然に再会する確率がどれほどなのか知らないが、たいしてロマンティストではない自分であっても、相手と宮原の縁を感じる。

再会するべくしてしたのだと。

「それはもう、運命ですね！」

もっとふさわしい言葉を口にした村方が、宮原のグラスにワインを注ぎ足す傍ら核心に切り込む。

「それで、今後はどうされるんですか？」

まさか宮原の恋愛話に発展するとは予想だにしていなかったので、この機会に聞けることは聞いてしまいたいと、村方も考えているようだ。

「いつまでも遠距離じゃ寂しいでしょう。お相手の方を日本に呼ぶとか、なさらないんで

すか？」

問題はそこだ。各々生活基盤ができていると、移住するのも難しくなる。かといって、ずっと遠距離のままというわけにはいかないはずだ。

「まあねえ」

煮え切らない口調とは裏腹に、その内容は予想を超えたものだった。

「イギリスに来てほしい、傍にいたいってしょっちゅう電話で言われてはいるけど」

「それもう、プロポーズじゃないですか！」

鼻息も荒くそう言い、村方がぐっとこぶしを握る。

「そうかなあ」

「間違いありません！」

当人がいたっていつもどおり安穏として見えるだけに、興奮するのも無理からぬことだった。

和孝自身、宮原にちゃんと相手がいて、しかもそこまで進展していたことに対して妙な昂揚感を覚える。

宮原が惚れた相手だ。どういう人物なのか、知りたくないはずがなかった。

「それで——どんな方なんですか」

そう問い、固唾を呑んで返答を待つ。

考え込んだ宮原は、

「きらきら？」

その一言ですませた。

「きらきら、ですか？」

「うん。きらきら」

根掘り葉掘り聞かずともわかる。宮原の選んだひとなら、見た目も中身も、ついでに言えば経歴もさぞきらきらしているだろう、と。

顔も名前も知らない相手を思い浮かべようとしたが、想像力にも限度がある。残念ながら昔もいまもきらきらとは無縁だ。

「宮原さんの気持ちはどうなんですか？」

核心に触れたのは、これまで黙っていた津守だ。

イギリスに行くのかどうか、もし行くのだとしたらいつ頃なのか。なにより大事なのはそこだった。

「迷ってるんですか」

迷いがあるうちはやめたほうがいいのではと、言外に告げる。

人生を左右する重要な局面だ。じっくり考えてから慎重に答えを出しても遅くはない。

「僕は、恋愛はある意味賭(か)けだと思っているので、迷ってるなら飛び込む派です」

と、これは村方だ。

おっとりして見えて大胆なところのある村方らしい考え方だと言える。疑り深い自分には到底できないことだ。

もっともそれは自分の場合であって、他のひとには当てはまらないというのはわかっている。結局、決めるのは宮原だ。

「どっちもらしいよね」

ふふ、と宮原が笑う。

「僕の場合は、タイミングを計ってるって感じかなあ。三十も半ばで、後悔したくないじゃない？　だから、一番いいタイミングでどうするか決めたい」

言葉と表情から、相手に対する宮原の想い(おも)が伝わってくる。大事なひとだからこそ、後悔したくないというのはごく自然な感情だ。

ふと、久遠のことを考える。

顔を思い浮かべた途端に胸の奥がざわめき、焦りに似た衝動がこみ上げてくるのは、もはや癖みたいなものだった。

大丈夫だろうか、なにか起こっていないだろうか、どうか無事でいてほしい。自分がやきもきしたところでしようがないというのは百も承知だが、やめるのは難しい。

知(し)らず識(し)らず目を伏せた和孝に、宮原がやわらかな声で切り出した。

「この前会ったときに思ったんだけど、柚木くん、すごく肩の力が抜けて表情が穏やかになってるよね。ＢＭがあった頃はいろんなことがあってストレスも大きかっただろうから、いまは幸せなんだなって感じられて嬉しかったんだ」

「……宮原さん」

視線を上げ、宮原を見る。

おそらく、宮原は結城組の件があったから顔を見せに来てくれたのだろう。それには一言も触れなくても、気遣いが伝わってくる。

「ああ、そうですね」

頷いたのは、津守だ。

「以前は、よく眉間に皺を寄せてましたからね。俺、最初に会ったときに、このひとはなにをそんなに警戒しているんだろうって不思議だった」

初めて聞かされる津守の話に、頬が赤らむ。津守と出会ったのは精神的にいっぱいいっぱいだった頃とはいえ、そんなにあからさまだったのかと恥ずかしくなった。

「あの頃の柚木くんは、常に崖っぷちで闘っていたようなものだから。仕事も、プライベートも」

宮原の言葉も救いにはならない。正確には、自分が闘わなければと勝手に思い込んでいただけだった。

ＢＭのこと。それから、聡。久遠の身すら、自分自身が踏ん張ることでどうにかできると考えていたような気がする。

実際は空回りするばかりで、そのことにも苛立っていた。

「俺の話はやめましょうよ。落ち込んでしまいそうです」

両手で耳を塞ぐという子どもっぽい技に出て、話の腰を折る。誰しも過去の恥部を蒸し返されたくはないはずだ。

「なんだかまた居座ってしまって、ごめんね。そろそろ僕も帰らなきゃ、明日も早いんだ」

腕時計に目を落とした宮原のその言葉で、愉しい飲み会はお開きになる。もし渡英することになっても、今度は必ず知らせてくれるよう約束をとりつけ、大通りへと歩いていく宮原を見送ってから、津守と村方と店の前で別れた。

が、百メートルも歩かないうちに、津守が自分を呼ぶ声が聞こえてくる。いったい何事か、振り返った和孝は、目にした光景に慌てて引き返した。

津守は、男を後ろ手に拘束している。

「ま……待ってくれ」

痛みを訴える男の顔に見憶えはなく、いったいなにがどうなっているのか戸惑いつつ津守と、不安げに立ち尽くしている村方を交互に見た。

「なにがあったんだ？」

「……僕たちを盗撮してました」

「え、盗撮？」

予期せぬ村方の言葉に、津守を窺う。頷くところを見ると、間違いないのだろう。この時点で和孝は津守を全面的に信じた。

「放せって。俺は、ただ夜の街を撮ってただけなのに、この兄ちゃんがいきなり襲いかかってきたんだよっ……うぁ、くそっ、痛ってぇって」

もし津守が単なる同僚だったなら、男の言い分にも耳を貸すところだ。が、こういう事態で津守ほど頼りになる人間はいない。

なぜなら、津守家は、宮原の実家である奥平家を始め、代々要人警護を任されているセキュリティ会社を生業とした、言わばスペシャリストだ。津守自身も訓練を受け、当時ドアマンとしてBMに入ったのも、和孝の身を守るためだった。

「データ、確認してください」

津守に促され、和孝は男からカメラを取り上げる。

「なにするんだ！　おまえら、訴えるぞ」

深夜の路上で騒がれては迷惑だ。本来店に近づけたくないが、背に腹は代えられず、男を連れて戻った。

「盗撮の証拠が出たら、こっちこそ訴えます」

一言で、データをチェックする。探すまでもなく、目的のものはすぐに見つかった。自分たちはもとより、宮原も写っている。しかも今日ばかりではなく、何日にもわたって盗撮していたようだ。

「どういうことだよ」

カメラからメモリーカードを抜き取ると、男に向き直る。証拠を突きつけられて居直ったのか、男は舌打ちをした。

「逃げないから放してくれ。じゃないと、話ができない」

カメラもメモリーカードもこちらにあるので逃げたくても逃げられないだろう。本来ならこのまま警察に突き出すこともできるけれど、なんのために自分たちを撮っていたのか、男の目的は聞いておきたかった。

「ああ、痛ってえ。すっげえ馬鹿力」

自由になった腕を回しつつ悪態をついた男は、その手をおもむろに胸ポケットへやる。それを黙って見過ごす津守ではない。すぐさまテーブルに押さえつけたせいで、男は顎をしたたか打つはめになった。

「ち……がう！　名刺！　ほら、名刺を出しただけだって」

苦しげに叫んだ男のその手には、なるほど名刺がある。

「『週刊 Wednesday』記者、南川雄大（みなみかわゆうだい）――週刊誌の記者が、なんで俺たちを？」

誰でも知っている誌名を目にして、いっそう不信感が募った。週刊誌の記者というのが本当ならば、いったいどんな理由で自分たちを撮っていたのか。

銀行や美容院、コンビニで見かける週刊誌の表紙を賑（にぎ）わしているのは、芸能人や政治家のスキャンダルばかりだ。先日、いずれかで目にした表紙にも、不倫や薬物使用の見出しが躍っていた。

「な。怪しい者じゃないだろ？　なんなら、Y南川という名前で検索してくれたら、いくつかネットの記事が引っかかるから」

さっそく村方がスマホを取り出す。

男が記者であろうとなかろうと不審者にはちがいないので、和孝は警戒心を解かなかった。

「妙な真似をしたらまた押さえつけて、警察に突き出すぞ」

津守の脅しに男――南川は何度も頷く。自由になってからもわざとらしく咳（せ）き込（こ）む南川を、改めて熟視した。

長めの髪に無精髭（ぶしょうひげ）、洗いざらしのシャツの上にジャケットを羽織った風貌（ふうぼう）は記者と言われればそう見えるし、探偵と言われても納得するだろう。

やくざや同業者でないのは確かだ。

年齢は三十代半ばくらいか。

中肉中背で外見に特徴はなく、次にどこかで擦れ違っても気づかないかもしれない。今回にしても、津守だからこそ目に留めたのであって、自分と村方のふたりだったら通り過ぎていたにちがいない。

「どういうことですか？　うちは普通のレストランで、週刊誌に目をつけられるようなことなんてありません」

まっすぐ南川を見据えて抗議する。

咳を止めた南川は、申し訳ないと深々と頭を下げてきた。

「いや、じつは恥ずかしい話、仕事じゃなくて、姪っ子が熱を上げてる男がどんな奴なのか、探りに来てたんだ。やっぱり叔父としては心配になるし」

「…………」

男の話に不信感は募る。とてもではないが言葉のままには受け取れない。

「穏便にすませてくれないか。ばれたら会社にどやされちまう。それでなくても俺、窓際記者でお荷物扱いだから」

両手を合わせて頼み込んでくる男には、勝手なことをと呆れる。調子がいいというか、軽いというか。

「そうだ。なんならうちで宣伝しようか？　案外主婦の購読者が多いし、反響は期待してくれてもいいよ」

あまりのしつこさにうんざりして、相手をするのもばからしくなってきた。男の話を鵜呑みにするわけではないが、このまま長引かせてもしようがないし、現状で警察沙汰にしたところで面倒なだけだ。

うるさいくらい何度も謝ってくる男を前にして、津守と村方と視線を交わす。和孝同様厭になっているらしく、ふたりとも苦い顔でかぶりを振った。

「宣伝は結構です。データはこちらで処分させていただきますから、もう二度とこんな真似をしないでください」

さっさと帰ってくれるよう、南川を促す。

「本当にすまなかった。もう二度としない」

最後にまた謝罪し、カメラを手に店を出ようとした南川だが、ふとドアを開ける前に一度振り返った。

「あ、そうそう。柚木くんっていうのは――きみ？」

指を差してくるような人間に答える義理はない。黙っていると、南川は肯定と受け取ったのか、納得顔で顎をひと撫でした。

「だと思った。やー、うちの姪っ子、ほんっと面食いだわ」

南川が去り、やっと静けさを取り戻す。一気に疲労感に襲われたのは、和孝だけではなかった。

「変なひとでしたねえ」

こめかみを押さえながら村方がため息をつく。

「あ、でも、確かに記事がありましたよ。Y南川。昔の村の風習とか、月面に人工建造物とか、眉唾な記事ですけど」

村方の読み上げたオカルティックな見出しになおさら脱力した和孝だが、津守は渋い表情を崩さない。

「ああいうタイプのストーカーは少なくないから、しばらく気をつけたほうがいい」

どうやら男の話を端から疑っているようだった。男が男をストーキングする行為も近年はあると聞くし、津守の言うように警戒しすぎることはないだろう。

「わかった。まあ、今度見かけたら被害届出すよ。証拠もあるし」

メモリーカードを掲げて見せる。処分しようと思っていたけれど、しばらく家で保管し、様子を見てからでも遅くはなさそうだ。

「さて、帰ろう」

南川のせいで、いつもより三十分以上遅れて帰路につく。普段なら駅へ向かうはずの津守が、マンションへと歩き出した和孝にぴたりとついてきた。

「さすがに大丈夫だって」

久遠関連のごたごたとはわけがちがう。と、辞退したところですんなり聞き入れるような人間ではないというのはわかっている。

　相変わらずといえば、津守もだ。慎重なところはＢＭにいた頃もいまも同じで、少しも変わらない。

　折れたのは和孝で、徒歩二十分ほどの距離を送ってもらうことになり、肩を並べて歩く傍ら自然に過去を頭によみがえらせていた。

「なんだか、思い出すな。いろいろ面倒かけたこと」

「面倒？」

「かけたじゃないか。こうやって気を配ってもらったり、両手を怪我（けが）したときなんかもう、至れり尽くせりで」

　あのときは友人という言葉に甘え、なにからなにまで世話になった。いま思えば、いかに自分が周囲に支えられてきたかわかる。

「気を配るのが役目だったし——困ったときはお互い様って言うだろ？」

　頼もしい仲間の言葉には、頬が緩んだ。

「じゃあ、津守くんが困ったときは俺に面倒みさせてな」

「ああ、そのときは頼む」

　まもなくマンションに到着する。

「コーヒーでも飲んでいかない？」

中へと誘ったが、走れば終電に間に合うという理由で津守はすぐに帰っていった。くれぐれも戸締まりに気をつけること、と別れ際に忠告をして。

「親御さんは、津守くんに会社を継いでほしいだろうなあ」

部屋に入って施錠し、チェーンをかけた和孝は、申し訳ない気持ちになる。自分がPaper Moon に誘わなかったら、津守はあのまま親の経営するセキュリティ会社に勤めていただろうに、と。

優秀な人材である息子がレストランで働くと言い出したときの親の心情はいかばかりか。恨まれたとしてもおかしくない。

差し当たって明日からは津守の手を煩わさずにすむようスクーターで通おうと決め、風呂をすませてからベッドにもぐり込んだ。

銃撃事件について進展はないらしい。ベッドの中でチェックしたネットニュースには新しい情報はなく、複雑な気持ちになる。一刻も早く犯人が捕まったほうがいいのか、それともこのままうやむやになったほうがいいのか、和孝にはあの世界のルールはわからない。

ただ、過去の例を見ても長引くとろくなことにならないだろうという気はしている。久遠に火の粉が振りかからなければいいと、和孝が望むのはそれだけだ。

いま頃なにをしてるのだろう。久遠の身を案じながら眠りにつく。

さすがに二晩続けて電話をするのは躊躇われたからだが、そのせいで途中何度も目が覚め、すっきりしない朝を迎えた。

朝食をとりながら、今日はテレビの朝の情報番組を観る。チャンネルを替えていくが、どこも芸能人の離婚に時間を割いていた。

「そういえば、メモリーカード」

ジャケットのポケットに入れたままだ。

ふと気になり、椅子から腰を上げた和孝は別室から持ってきたノートパソコンで再度データを確認してみた。

いずれも自分たちの顔がはっきりと写っている。男性客を見送っている場面が多い。宮原もそうだし、他の客もそうだ。

昨日は気づかなかった。

偶然だろうか。

「…………」

もし偶然でなく、故意だとしたら？　なにが理由だろう。

「誰かを、捜してるとか？」

姪っ子の話は横に置くとして、目的が自分たち以外にあるとしたら？

でも、なぜそれがうちの店なのか。その誰かが店の客だと、どこからか情報を得たのか。よけいに頭が混乱してくる。

ぎりぎりまで写真を見ていたがこれといった答えは出せず、いったん棚上げにして家から店へ向かった和孝は、いつものように下ごしらえをする傍ら、まもなくやってきた津守にこの件を切り出した。

「それは——確かに気になる」

津守の賛同を得て、なおさら引っかかりだす。

「昨日の名刺に電話番号あったよな。編集部に電話してみたらどうだろう。南川さんにつきまとわれて困ってるって訴えたら、なにかわからないかな」

「いや、そういうところってたいがい秘密主義だから、むしろこっちが探られかねない」

津守の言うとおりだ。なにかあると勘繰られたら、厭な思いをするのは自分たちのほうだ。

「そういえば、村方くん、遅いな」

とっくに来ていてもいいはずなのに、と時計を確認する。普段使う電車に乗り遅れたのだとしても、もう十分も遅い。

具合でも悪いのだろうか。

村方の番号に電話をする。呼び出し音が途切れた途端、

『あ、オーナ……なに、するんですか。もういいかげんにしてくださいっ』

怒声が聞こえてきた。

「……村方くん？」

間違いなく村方の声だ。村方が声を荒らげるなどいままで一度もなかっただけに、いったいどうしたのかと心配になる。

「いまどこ？　村方くん！　誰か近くにいるのか？」

周囲の喧噪が携帯越しに伝わってくる。微かにアナウンスも耳に届き、村方がすぐ近くの駅にいるとわかった。

『ちょ……放してくださいっ』

南川さん、と続いた声に、かっと頭に血が上る。二度とやらないと約束しておきながら、あの男は舌の根も乾かないうちに――。

「なにがあったんですか」

津守の問いかけに、

「昨日の男が駅で待ち伏せしてた」

それだけ告げて和孝は店を飛び出した。駅へと走りながら、あの野郎と心中で吐き捨てる。

なにが姪っ子のため、だ。やはりべつに魂胆があったのだ。

男の言葉を鵜呑みにはできないと考えておきながら、無防備だった自分にも腹が立つ。昨日の時点で、なんらかの対策をとっておくべきだった。

駅前の混雑した人混み（ひとご）の中に村方と、彼に纏（まと）わりつく南川の姿を見つけた瞬間、和孝の怒りはピークに達していた。

ふたりに駆け寄り、村方と南川の間に割って入る。

「昨日の今日で――どういうつもりですか」

噛（か）みついた和孝に、またしても南川は両手を上げて降参の意を示した。

「いや～、昨日姪っ子に尻（しり）を叩かれましてね。なにがなんでもあなたのことを聞いてこいって」

なんて奴だ。

この期（ご）に及んでまだ白々しい言い訳をするつもりか。同じ手が二度通用すると思うなど、ばかにするにもほどがある。

「今回は警察に連絡しますから」

行こう、と村方を促す。

「……あ、はい」

そのまま南川に背を向けて歩き始めた和孝だが、背中に投げかけられた一言に足を止めた。

「小笠原諒一のことですけどね」

「――」

小笠原という名前の男を、無論和孝は知っている。ＩＴ企業『ＮＥＸＴ』の社長でＢＭを手に入れようと画策していた男だ。

ＢＭが放火で失くなったのも、小笠原に恨みを抱く者の犯行だった。

だが、なぜ南川が小笠原の名前を口にしたのか、判然としない。彼と関わったのはもう二年以上も前のことなので、和孝にしてみれば不意打ちに等しかった。

振り向くと、南川はあらかじめ台本でも用意していたかのごとく流ちょうに話し始める。

「以前、一度インタビューしたんですよ。時代の寵児と持て囃されていたこともあって、小笠原諒一という男は、まあ、自己顕示欲の塊って印象でした。態度も、話し方も、自信家特有の傲慢さが透けて見えてましたね」

いったいどういうつもりなのか。目的がなんにせよ、南川の真意がわかるまでは下手に口を開かないほうがいいと判断し、唇を引き結ぶ。

反して、頭の中は疑念でいっぱいだった。

そもそも南川はどこで自分と小笠原との関わりを知ったのだろう。小笠原から聞かされたのだとしても、ＢＭがなくなってからもう二年以上たったいまになって取り上げる理由がわからない。

それとも、そうするだけのなにかがあるというのか。

「ちょっとした案件で連絡をとってみたんですよ。そしたら、すでに社長を退いて、会社も辞めたっていうじゃないですか。聞いて回っても、誰も行方を知らない。あの男が人知れず静かに暮らしているなんて、妙でしょう？　で、いろいろ探ってみたってわけです」

「――――」

小笠原が社長の座を退いたというのは、和孝も耳にした。周知の事実だ。

南川の言うとおり小笠原のような上昇志向の強い人間がこのままでいるとは考えにくいが、だからといって調べるほどおかしいことだとも思えない。

プライドの高い人間ほど、折れたときは弱いものだ。

「どこかで充電中なんじゃないですか――それより、なぜ俺のところに来られたのか不思議なんですが。小笠原さんとは、以前何度か顔を合わせましたが、ずいぶん会ってませんよ」

「ああ、最後は、ＢＭの買収関連ですか？」

迷わずＢＭの名を出してきた南川に、どきりとした。

「変なオチがつきましたよね。揉めたあげくに、小笠原を恨んでいた男に放火されたんでしたっけ？　あなたも、さぞ不快な思いをしたんじゃないですか？」

普通に暮らしていれば、ＢＭを知る機会はない。探ったと本人が言ったくらいなので、ＢＭがどういうクラブだったのかも把握しているのだろう。

ようやく南川がなぜ自分のところへ来たのか、合点がいく。

「俺が話せることなんてありません」

南川が納得しようとすまいと、それしか答えられないのは事実だ。知らないものは知らない。小笠原が行方知れずになっていることも、いま、南川から聞かされたくらいだった。

「なら、誰か知ってそうなひとを紹介してくださいよ。柚木さんの上司でも、当時の上客でもいいんで」

姪っ子の設定などとうに忘れたのか、南川はしつこく食い下がってくる。あげく腕を摑まれ、うんざりして振り払った。

「いいかげんにしてください」

これ以上駅前で悪目立ちするのはごめんだ。嫌悪感を隠さず南川を睨みつけた和孝は、行こうと村方を促した。

そのまま立ち去ろうとしたときだ。

「柚木さん！」

駆け寄ってくる津守の姿が目に入る。あまりに時間をとられたせいで心配をかけてしまったらしい。

　相手にしないはずだったのに、小笠原の名前についのせられてしまった。

「大丈夫か？」

「あ……ああ」

　南川に視線を戻す。しかし、すでにそこに南川はおらず、数メートル先、横断歩道を渡っていく背中が見えた。

「絡まれたけど――あいつは、帰っていった」

　歯切れの悪い言い方になってしまったせいで、津守は違和感を抱いたにちがいない。和孝は和孝で過去の経緯について一から整理する必要があり、店に戻る間ずっと黙っていた。

「小笠原さんって、ＢＭを買収しようとしていた方ですよね。なんであのひと、小笠原さんの行方を捜すのに、うちに来たんでしょう」

　村方の疑問はもっともだ。通常なら真っ先に家族、友人、会社の人間に当たる。それをちょっと調べただけで方向転換し、ＢＭを探り出し、わざわざ自分のところへ来たというからには、小笠原の失踪（しっそう）とＢＭの件になんらかの関係があると南川は考えているのだろう。

　放火犯はあっさり捕まり、動機は小笠原への個人的恨みだったと和孝はテレビやネットのニュースで知った。

　もとより世間的にもそうなっている。

　そのときは、怒りをあまり感じなかった。ＢＭがなくなった喪失感のほうが大きくて、小笠原や犯人のことにまで感情が及ばなかった。

　その後、料理学校へ通い始めてしばらくたった頃、小笠原が社長の座を退き、会社も去ったと聞いた。

　久遠からだ。

　ＢＭの一件から半年はたっていたはずだ。いまになって関係があると疑われても、戸惑いしかない。

「柚木さんがＢＭのマネージャーだったことや、津守さんの家のこともあのひと知ってました。僕だけ無関係だと思っているみたいで、柚木さんと津守さんについてなんでもいいから聞かせてほしいって……」

　昨日下見に来て、村方に目をつけたようだ。ひとのよさそうな村方なら、厳しく追及すればなにか喋（しゃべ）ると思ったのかもしれない。

　当てが外れて、いま頃南川は臍（ほぞ）を噬（か）んでいることだろう。ＢＭのサブマネージャーだった村方の口の堅さは折り紙つきだ。

「やっぱりか」

津守が眉をひそめる。

「厭な予感がして、さっき宮原さんに連絡しておいた。まだそれらしき男は来てないって言ってたが——盗撮の可能性も一応伝えた。ただ、宮原さんとも話したんだけど、いまになって週刊誌が嗅ぎ回るのはなんでだろう」

硬い口調の津守に、無言で頷く。

接触していないだけですでに宮原のもとへ行っていてもおかしくないし、南川の執拗さからすると今後もなんらかのアクションを起こしてくると考えておくべきだ。

久遠の耳にも入れたほうがいいかもしれない。

久遠はＢＭの出資者だったうえ、小笠原の件にも関わっている。それを南川が知れば、即座に食いついてくるのは明らかだった。

南川にしてみれば、格好のネタだ。

いまや不動清和会は強大で、その名は一般のひととの間にも浸透している。たとえ他組織の小競り合いであっても名前が出るし、組員が地域活動でもしようものなら一大イベント並みに取り上げられる。

現に、和孝がテレビや雑誌、ネットで久遠の名前を見聞きしたのは一度や二度ではなかった。

これ以上は勘弁してくれ。

目頭を指でぎゅっと押さえ、ため息をつく。

ただでさえ銃撃事件でごたついているときに面倒事を持ち込むのは躊躇われるものの、黙っていていいかどうか、思案する余地もなかった。

「ちょっと、電話してくる」

村方と津守に断り、和孝はスタッフルームへ移動する。気重なまま着信履歴から電話をかけると、まもなく久遠の声が耳に届いた。

『なにかあったのか？』

開店前に連絡したのは初めてだ。それゆえ、この言葉になるのだろう。

「いや、たいしたことじゃないんだけど」

昨日と今日の出来事を順序立てて話していく。その間、久遠が相槌すら打たないのはいつものことだった。

「なんで小笠原さんの行方が気になるんだろ」

ちょっとした案件で連絡をした、と南川は言った。ちょっとした案件にしては、やけにしつこく嗅ぎ回っている。

小笠原の失踪の経緯になにか問題でもあるのか。それとも、他の理由からだろうか。

『さあな』

久遠の返答は一言だった。これもいつものことなので、特に気にせずさらに言葉を重ねていった。

「そもそも会社を辞めてからどうしてるかも知らないのに——まあ、なにを聞かれても俺は突っぱねるつもり。実際、知りたいとも思ってないし」

『それでいい。絡まれても店には入れるな。行き帰りは徒歩じゃなく、車にしたほうがいい。無視し続けていたら、向こうもそのうち飽きる』

「だね」

記事になるかどうかわからない案件に固執するほど、週刊誌の記者が暇だとは思えない。世の中にはもっとスキャンダラスな事件がたくさんあふれているのだ。

それで、久遠さんのほうはどう？　進展はあった？

なにより聞きたい言葉を呑み込む。

久遠がなんと言おうとどうせ不安は残るし、まだ自分を遠ざけているという事実が答えも同然だ。

「じゃあ、俺、仕事に戻るから」

『ああ』

通話の切れた携帯に向かって、気をつけてと呟き、スタッフルームをあとにする。時間をロスしたぶんみなで集中して準備を進め、なんとか開店に間に合わせた。

ランチの客で賑わう店内で、その声を耳にしたのは偶然だった。

常連客に挨拶をしに厨房を出た際、近くのテーブルの女性が「怖い」と表情を曇らせたのだ。

「今度は都内で銃撃事件だって」

連れの女性も顔色を変える。

「そこ、親戚の家の近くなんだよね。暴力団とか、ほんと無理」

「昔みたいに看板を掲げないから、特定が難しいみたいよ」

携帯片手に、いかにして暴力団を一掃するか話し始めた女性たちから離れて厨房へ戻った和孝は、いますぐニュースをチェックしたい気持ちを懸命に堪えなければならなかった。

やっと昼休憩になると、賄いは村方に任せて和孝自身はネットで新たな銃撃事件についての情報を貪る。

つい一時間ほど前に起こった銃撃事件の標的は、加賀組の若頭、新谷。四代目、三島の弟分とあった。

どうやら新谷は怪我を負ったらしい。掠り傷で命に別状はないとあるが、事態は悪くなる一方だ。弟分が撃たれたとなれば、今度こそ三島は黙っていないだろう。

もし報復となれば……最悪の事態が頭をよぎり、背筋がひやりとする。またしても久遠が撃たれたときの恐怖がよみがえり、どうにかなりそうだった。

よほどひどい顔をしているのか、近づいてきた津守が眉をひそめる。

「顔色が悪い」

「夜は休みにして、家で横になったほうがいい」

津守の気遣いに、和孝はかぶりを振った。

「ありがとう。でも、大丈夫だから。これくらいで休んでられない」

「けど」

携帯をテーブルに置くことで、話を打ち切る。津守が苦い顔をしたのはわかっていたが、和孝は気づかないふりをした。

これくらいで、ともう一度、今度は自分に言い聞かせる。

この程度のことなら、これまでにも経験済みだ。今後もあるだろうし、そのたびに店を閉めていたのでは仕事にならない。

被弾したのが三島の弟分とはいえ、木島組と直接的な繋がりがあるわけではないのに、いちいち動揺する自分の弱さが厭になる。

半面、この先、いくつになっても自分はなにかあるたびに不安になり、心配し続けるだろうこともわかっていた。

慣れる日など、きっと永久に来ない。

「夜も、明日もいつもどおり店を開けるから」

高岡ミズミ著　沖 麻実也イラスト
大ヒット
「VIP」
シリーズ
セカンド・シーズン
開幕記念！
VIP
Very Important Person
兆候
高岡ミズミ
書き下ろしスペシャル
ショートストーリー
沖 麻実也
描き下ろし
スペシャル1Pマンガ
ホワイトハート講談社X文庫

特別番外編

完璧な休日

　仕事へ向かう久遠を玄関で見送った和孝は、両手を上げて背筋を伸ばす。せっかくの定休日なのでのんびり過ごそうと、一人分のコーヒーを淹れてテレビをつけ、ソファに腰かけた。

　しばらく朝のワイドショーを眺めていたが、いつの間にか頭の中では別のことを考え始めていたことに気づく。となると、もうワイドショーの内容はおろか、コーヒーの存在すら二の次になった。

「唐辛子を使ったらどうだろ」

　ソファから腰を上げ、寝室へ移動するとチェストの抽斗からノートを取り出す。日記帳兼レシピメモ、これまで出したランチセットのメニュー、その他諸々、ようするに忘れたくないことをなんでも書いておくためのノートだ。店を始めると決めてから書き始めたノートは、この半年あまりでもう十冊目に突入している。

「……ナムルはいまひとつ、と」

　昨夜、酒のつまみに出した豆苗を使ったナムルは、一度箸をつけたきりだった。反対に、大根おろしをのせたアンチョビ入りだし巻き卵は口に合ったようだ。

「好き嫌いがなさそうなぶん、わかりやすいんだよな」

　最初は、冗談半分にすぎなかった久遠の好みに関するメモも、いつの間にか数十ページに及ぶ量になっていた。いまひとつのものをまた作ってもしょうがないし、店のメニュー開発の参考にもなる。

　疲れて見えるときは、普段よりも少し濃いめの味。飲み会続きだったときは、薄味で消化のいい和食、と相手に合わせて考えることは料理人として無駄ではない。

　いや、ここは正直になろう。

　喜怒哀楽をほとんど表に出さない久遠だからこそ、うまそうに食べてくれる姿が嬉しい。そのことに、料理人もなにも関係ない。

「今夜は、はやと瓜を使ってみるか」

　ベッドに寝転び、ノートにペンを走らせながら夕食のメニューを考える。今日は昼過ぎには戻ってくるというので、久しぶりやせ我慢と言われればそのとおりだ。あとは、普段と同じ生活を送りたいという心理も働いた。

いつもと同じ。普通どおり。

昨日と同じ今日を過ごしたい。それが無意味であっても、自分には重要だった。

結局のところ、どんなに一緒にいても覚悟なんてこれっぽっちもできない。これまでと同じように久遠の身を案じて、怖くなって、息をひそめて無事を祈るのだ。

怪我をした久遠を目の当たりにしたぶん、以前より過敏になっているような気もして始末が悪い。

——おまえさんは、ちゃんと楔になっていると思うがな。

それならどんなにいいか。

実際はこのていたらくで、役に立つにはほど遠い。

自分の腑甲斐なさを突きつけられ、和孝は自虐的になるのを止められなかった。

3

デスクの上で鳴り始めた携帯に目をやった久遠は、相手を確認すると、携帯ではなくライターに手を伸ばした。

昼にのせた煙草に火をつけ、吹かしてから電話に出る。

新たな銃撃事件の一報が入ってから二時間半。おそらく三島は弟分の新谷を見舞ったあと、すぐに電話してきたのだろう。

『久遠、おまえ、なにしてる?』

唐突な質問には、そのままストレートに答える。

「煙草を吸っています」

ちっ、と三島は大きく舌打ちをした。

『いい身分だなあ。悠長に煙草だって? 事務所の次に兄弟をやられた俺がどんな気持ちでいるか、おまえ、考えてねえだろ』

正直なところ、三島の気持ちに関してはどうでもよかった。重要なのは、誰が、なんの目的で三島の神経を逆撫でするような真似をしているか、だ。

「新谷さんの具合はどうでした?」

『腕を掠ったただけだ。わかってると思うが、怪我の程度は関係ねえぞ。相手は、俺に戦争吹っ掛けてるんだ』

いまの言葉で、三島が内部犯行の可能性を捨てていないと知る。他組織の仕業と考えているなら、「俺に」ではなく「不動清和会に」と言うはずだ。

「もし目的が内部分裂だとしたら、向こうの思う壺というわけですね」

あえてそう答えると、不満げな声が返ってきた。

『なんだ、まるで他人事だな』

「他人事ではないから、連日うちの奴らに捜させているんです」

クラブやバーを張らせて、今日で三日目。犯行を吹聴していたという男はまだ現れていない。

今回も、前回の組事務所の襲撃のときと同じで、相手はバイクに乗った二人組だったらしい。走り抜けていく間際、後部座席の男が撃ってきたというが、いずれもフルフェイスのヘルメットを被り、ナンバープレートも隠してあったと聞く。

『どう思うよ』

事務所の次が弟分となれば、エスカレートしていると捉えるのが妥当だ。上層部の中にも、このまま抗争に発展すると危惧している者は少なくない。

だが、久遠は正反対の可能性を考えていた。

「まるでデモンストレーションですね。本気度が感じられません」

もし本気ならバイクを停めて、急所を狙うべきだ。速度すら落とさなかったのなら、狙ったのは今度も事務所の窓で、新谷を弾が掠めたのは偶然とも考えられる。

『分裂させるために、他の組織の奴が威嚇射撃ってか？　それこそ現実味がねえなあ。そんな回りくどい真似をしなくても、他にやりようはあるだろうよ』

三島の口調に、あからさまな失望が感じられる。早く白黒つけたいのは、久遠も同じだった。

「そうですね。ただ、どれもあり得ると言っているんです」

実際のところ、現段階で予測を立てたところでしようがないと思っている。銃撃犯が見つからない以上、誰がなにを語ろうとすべて憶測だ。いまはあらゆる可能性に対処できるように準備しておくのが得策だろう。

とはいえ、三島は他人の助言を素直に受け入れるような人間ではないので、とりあえず遠回しな言い方で注意を促したつもりだった。

『なんだ、てめえのやる気のなさは。鈴屋のほうがマシじゃねえか。あいつは護衛に使ってくれって、心得のある者を数人寄越したぞ？　使える奴だろ？』

そこで一度言葉を切った三島が、おもむろに切り出した。

『――おまえじゃねえよな』

今日の電話の本題は、むしろこちらだったらしい。

たとえ外部の犯行だとしても、弟分の新谷が狙われたのは——実際に新谷が狙われたのだとすれば——その時間に新谷が事務所にいることを知らせた内部の人間がいるはず、と三島がそう考えたのだとしても不思議ではなかった。

そして、疑わしい人間のひとりが、自分なのだ。

「俺なら、もっとうまくやります」

口でなんと言おうと三島が全面的に信じないと承知で、否定する。今後も、なにかと同じ問いをされるであろうことも。

『だろうな』

ふん、と三島が鼻を鳴らす。

『前にも言ったが、俺はおまえを買ってるんだ。裏切るなよ』

「三島さんが俺を信頼してくれる限りは」

互いに茶番と承知のやり取りを、これまで何度くり返してきたか。もっとも現時点で久遠の腹は、言葉どおりだった。

それを嘘（うそ）ととるか、多少なりとも信じるかは三島次第だ。

『それはそうと』

三島の声音ががらりと変わる。

『兄弟を見舞ったついでに、もう三、四日都内に滞在するから、おまえ、つき合えよ。ああ、どうせなら幹部連中集めてゴルフでもやるか』

また無茶なことを。

頭の痛い提案に、久遠は返答を渋った。

「三、四日って――急に全員集めるのは難しいでしょう」

無理ですと一蹴したいところだが、婉曲な言い方で応じる。現状で機嫌でも損ねられたら厄介だからだが、三島は歯牙にもかけない。

『なに。今度こそきっと全員集まるだろ』

それはそうだ。誰も真下と同じ轍は踏みたくない。三島は、真下の謝罪をがんとして拒んでいる。

実質、無視という形だ。

間に入ってほしいと真下からは頼まれているが――少なくとも今度の件が解決するまで三島は誰の言葉も受けつけないだろう。

「ゴルフ場じゃ、なにかあったとしても身を隠すところはありませんよ」

『ひとりくらい盾になってくれる奴がいるさ』

どこか愉しげにも聞こえる一言を最後に、三島が電話を切った。久遠は灰皿に置いたままにしていた煙草を抓み、唇へのせた。

「試すのもいいですが、あまり度がすぎると不審を買いますよ」

煙とともに、当人には言わなかったことを吐き出す。

造反者をあぶり出すのに三島のやり方は合理的で手っ取り早いかもしれないが、いらぬ敵を作りかねない。事務所に上層部を集めた際、欠席した真下の動向を調べていたように、今度のゴルフでも篩にかけるつもりであることは容易に想像できる。

みなもそれがわかっているから、なにをおいても参加せざるを得ないし、言動にも細心の注意を払うだろう。

疑いの目が自分に向くのは極力避けたいと、誰でも考えるはずだ。

いまの三島には、それほどの力がある。

裏を返せば、三島が求心力を失ったときは通用しなくなるということだ。現在の強引なやり方を続けて、少しでも隙を見せたときにはどうなるか、失念するほど鈍い男ではないだろうに。

それとも、なにか次の策を練っているのか。

「――面倒だ」

二本目の煙草に火をつけた久遠は、実質幹事を命じられたことに本音を漏らす。

誰かに丸投げしてもいいが、それをすると三島からどんな厭がらせをされるかわからない。一日じゅうつき合ったあげく絡まれるなど、想像しただけで鬱々となる。

となると、おとなしく幹事をやる以外なさそうだ。

全員に電話で集合をかけて――おそらく急すぎると苦情が出るはずだ――顔の利くゴルフ場を貸し切りにして、その後宴会についても対処する必要がある。早くも辟易しつつ、まずは鴇田顧問から電話をかけた。

『ゴルフか。いいね。なんだったら、幹事をやろうか?』

思ったとおり快諾した鴇田は、自ら幹事に名乗り出る。気難しいところはあっても、一度親しくなれば気のいい老人だ。

三代目に代わって久遠を跡目候補に推挙したという経緯があり、以来、なにかと融通を利かせてくれるようになった。

久遠自身も、裏表のない鴇田には気を許している部分もある。

「いえ、鴇田顧問に押しつけると三島さんに叱られますから。でも、宴会のほうはお任せしてもいいですか?」

『ああ、もちろんだ。それにしても大変だな。四代目も、なんでおまえばかり使うかね。おまえのことを気に入っているにしても、本来なら、幹事なんて若頭がやるようなことじゃないだろ』

憤慨した様子の鴇田に、苦笑いする。一方で、それが三島という男だからしようがないと考えてもいた。

おそらく三島が誰より信用していないのが、自分だ。いまの地位に固執しているからこそ、二番手の久遠を警戒し、できるだけ近くに置こうとしているのだろう。

周囲には円満な関係と見せかけるところがいかにも三島らしい。

好き嫌いは別として、自分と三島は水と油みたいなものだ。相性が悪いのは双方わかっているし、いまに始まったことではなかった。

『ま、それはさておき、宴会のことは儂に任せろ。こう見えて、宴会の幹事は何度もやってきたからな』

頼もしい言葉に、久遠は礼を言う。宴会の心配をしなくてよくなり、ひとつ肩の荷が下りた心地だった。

『なに。儂とおまえの仲じゃないか』

「そうですね」

その後も鴇田の世間話につき合い、電話を切ってすぐに二日後のゴルフ場を押さえてから上層部へ日時を連絡していった。

これ以上の内部不和は避けたかったので全員参加を望んでいたが――急すぎると渋った者は多かったものの、蓋を開けてみれば誰ひとり欠くことなく当日を迎えられたのは幸いだった。

とりあえず三島のメンツは保たれ、久遠も厭みを聞かずにすんだのだ。

「ゴルフ日和じゃねえか。俺の日頃の行いがいいんだろうなあ」

前日の雨が嘘のような快晴のおかげで三島はめずらしく機嫌がよく、朝九時開始にもかかわらず終始和やかな雰囲気でのプレイとなる。くじ引きで決まった三島、鴇田、久遠という組み合わせに、場を盛り上げるのがうまい宇田川が入ってくれたのが功を奏したようだ。

反対に、別の組で回っている八重樫、真下、岡部、鈴屋、山城の組の様子はどうか、確認するまでもない。

八重樫と真下は、先日の会合でケチがついた格好だし、岡部は神経質な男だ。鈴屋が場を取り持つにしても限度があるだろう。

なぜこのタイミングでゴルフなのか、自分に矛先が向けられないためにはどうすればいいか。各々プレイそっちのけで頭を巡らせているにちがいなかった。

「ナイスショット！」

三島が打つたびに宇田川は声を上げ、手を叩く。

「さすがですね。なにが悪いのか、俺はどうも飛距離がいまいちで」

「そりゃ、腰が入ってねえんだよ。腰が」

「なるほど！」

目の前でレッスンを始めたふたりを横目に、久遠は鴇田の思い出話に相槌を打つ。三代目の話題に及ぶと、微かに胸が痛んだ。

「慧一坊ちゃんがなかなか筋がよくてね。プロゴルファーを目指せばいいって、みなで言ったものだ」

三代目の息子である慧一の一件は、中途半端な幕引きとなった。三代目は親子の縁を切ったと言っていたが、日本を飛び出した息子を案じる気持ちはどこの親でも同じはずだ。

あのとき、自分の判断で無理やりにでも引き戻していたら――その思いは久遠のなかにいまもくすぶっている。

「子どもの頃はあんなに可愛かったのに、いったいどこでどう間違ったのかねえ」

かぶりを振る顧問に頷くと、三島がこちらを指差してきた。

「そこ。無駄話してないで、宇田川のショット見てやれ」

悠長なのはいったいどっちなのか。すっかりゴルフに没頭している三島に手招きされ、フォーム改善をしたという宇田川の渾身のショットを三人並んで見守るはめになる。

結論から言えば、緊張しすぎた宇田川の成績は平凡だったし、他のみなもプレイ中、特に変わったこともなく平和なうちにそれぞれラウンドを終えた。

クラブハウスのパーティルームに移動したあとは、シャンパンと軽食を愉しみながらの成績発表となる。もとより三島がトップで、このために依頼したコンパニオンからトロフィーを渡してもらい、みなの拍手で急ごしらえのゴルフコンペは無事終了した。

久遠の役目はここまでで、あとは鴇田にバトンタッチすればよかった。

鴇田の馴染み（なじ）の料亭へ向かう前に浴場で汗を流していると、三島が近くへ寄ってくる。他の者たちが早々に出ていったのは三島の指示かもしれない。

「おまえ、いくつだっけ？　四十になったか」

唐突な質問は、なんのための前振りか。考えつつ、三十五だと答える。

「まだ三十五かよ。異例の出世と騒がれるわけだな。いい大学を出て、不動清和会の二番手の地位について、存外色男でって？　女なんて、入れ食いだろ」

「でもないです」

いったいこの話はどこに通じるのだろう。

「そういや、おまえ。ムショに入ったことはないんだったか」

厭な予感がして、即答を避ける。案の定、三島は片頬（かたほお）に揶揄（やゆ）を引っかけ、好奇心丸出しで問うてきた。

「俺もムショで男の味は知っているが、おまえの場合は、あのBM（ビーエム）のべっぴんな兄ちゃんの色香にやられたんだろ？」

「――――」

「いつからか女の話をとんと聞かなくなったところを見ると、まだ続いてるんだよな。二年？　三年か？　よほどあの兄ちゃんの具合がいいらしい」

三島が下品なのはいつものことだ。好色な目つきで見てきて、普段以上に饒舌になる三島に呆れ、無言を貫く。

それで察してくれるような相手なら、楽なのだが。

「俺にも一回試させろよ」

なおもそう続けた三島に構わず、久遠は先に湯船から上がる。三島の無駄話につき合ったところでひとつもメリットはないし、いいかげん苛立ってもいた。

「なに不機嫌になってるんだよ。冗談だろ？」

背中にかけられた声にも黙ったままかけ湯をし、扉へ足を向けると、浴場を出る間際に一言だけ返す。

「BMはとっくになくなってます」

「あー、そうだったな。なら、いまは普通の飯屋の兄ちゃんか。もったいねえ」

どういう意味で「もったいねえ」と言ったのか、三島の真意はどうでもいい。問題なのは、「普通の飯屋」のほうだ。

三島は、和孝が店を出したことを把握している。偶然耳にするとは考えにくい。となると、わざわざ調べさせたのだ。

なんのために。

三島は油断ならない。いまだ誰に対しても真意を明かさないような男だ。和孝の話を出してきたのも、なんらかの意図があってのことだろう。

三島の好む、互いの腹を探り合うような駆け引きが久遠自身は好きではない。勝っても負けてもたいがい遺恨を残す。

はっきり言えばいいと思うが、そうしないのが三島だ。

頭の片隅にいまのやり取りを置き、着替えをすませる。その後は、ゴルフ場から鴇田の馴染みの料亭へと河岸を変えての宴会となった。

「今夜は無礼講だ。いろいろと大変な時期だが、飲んで食って愉しんでくれ」

三島の挨拶で乾杯をすませ、各々会席料理に箸をつける。スポーツや家族の話で盛り上がるのは、一般人もやくざも同じだ。

常に財布に入れて持ち歩いているという孫の写真をみなに見せ、相好を崩す鴇田は、どこにでもいる気の優しい祖父そのものだった。

「いや～、すごいっすね。息子自慢、孫自慢。姐さんへの愚痴。強面の皆さんも、家族は大事なんですねえ」

ビールを注ぎに隣へやってきた鈴屋が、疲れた表情でため息をこぼす。

「普段迷惑をかけているぶん、こういうときに家族のありがたみを感じているんじゃないか」

当たり障りのない返答をした久遠に、声のトーンを低くした。

「久遠さんが幹部になったのって、三十前だったんですよね。いや〜、すごいわ。この面々に囲まれて、よく耐えられましたね。俺なら逃げ出してます。ていうか、いまでも逃げたいくらいですし」

もっとも若い鈴屋に対してみなの当たりがきつくなるのは、無理からぬことだ。久遠も経験してきたし、いまだ若造がと悪態をつく者もいる。

「コツがある」

「ぜひそれ、教えてくださいよ」

目を輝かせた鈴屋に、久遠も声量を落とした。

「みなあれこれ言ってくるが、七割はどうでもいい話だ。三割だけ聞いて、あとは忘れる」

「なるほど。取捨選択がなかなか難しそうですけど」

「慣れだ」

真顔で頷いた鈴屋が、じっと顔を覗き込んでくる。なにかと思えば、三代目の名前を出してきた。

「顔はぜんぜんちがうのに、なんだろうな。雰囲気が似てるんですよね。叔父さんが目をかけていたのもわかります。俺も妙に安心するっていうか」

隠居して以降、三代目が表舞台に立ったことはない。時折電話で様子を伺(うかが)い、元気そうな声を聞いている。

現役の頃よりずっと柔和になった声音や話し方に、引退は早すぎたという考えを久遠は改めざるを得なかったのだ。

絶対的な存在であったときに潔く身を退いた三代目の生き様は、この世界に身を置く者にとって指針になった。誰もがああなりたいと、おそらく三島ですら思っているにちがいない。

「なつくなよ」

距離を縮めてきた鈴屋の額を小突く。

「おいおい。顔を突き合わせて、なんの悪巧みだ？」

にやにやとしつつ横やりを入れてきた三島に黙って肩をすくめると、愉しんでくれと言った当人が、今度の件について口火を切った。

「悪巧みといやあ、やられっぱなしというのも忌々(いまいま)しい。目星をつけた奴を締め上げて、こっちから仕掛けるぞ」

和やかだった場が水を打ったように静まり、一気に緊張感を増す。固唾(かたず)を呑(の)んで待つみなに、三島は声を響かせた。

「まったく同じことをして返すんだよ。事務所の窓、その後兄弟分に弾を撃ち込む。掠り傷なんてせこい真似じゃなく、土手っ腹を狙ってやれ」

このまま指を咥えて見過ごせないというのはそのとおりだし、三島なら報復に出るだろうことも予想の範疇だ。

しかし、銃撃犯がどこの誰ともわかっていない現状では無謀とも言える発言に、誰ひとり口を開く者はいない。みなの頭には、「どこへ」よりも「誰が命じられるか」という考えが渦巻いているのだ。

下手になにか言って自分にお鉢が回ってくるのを避けたい。そう思うのは当然のことだった。

「なんだなんだ、そのシケた面はよお。これだけのメンツが揃ってて、誰も名乗り出る者はいねえのか。新谷は俺の弟分だぞ？　次は俺が狙われるかもしれねえんだ。ただ手をこまねいてるだけで、不動清和会は腰抜け揃いだって思われてもいいのか？」

三島はやたら不動清和会を強調するが、現実に狙われたのは結城組だ。事を起こすにしてもまずは結城組、もしくは新谷のいる加賀組が先頭に立つべきで、その前提を差し置いて名乗り出ろと言われても納得できる者はいないだろう。

それに、次は三島が狙われるかもしれないというのも、あくまで可能性の話であって信憑性は薄い。

兄弟分とはいえ、新谷と三島ではあまりにちがいすぎる。

　若い時分は肩を並べるほどだったが、一度シノギで下手を打って以来、新谷の勢いは一気に沈んでいった。いまや小さな組の若頭として冷や飯を食っている状態だ。三島の弟分でなければ、とうに破門になっているだろう。

　そういう男では、不動清和会四代目の前座にしても力不足だと、三島自身感じているはずだが。

「あー、そういや、久遠。おまえんところのシマで、西の奴らと揉めたって？　偶然、うちの奴がキャバクラで飲んでたときに見たって言ってたぞ」

　三島に名指しされ、周囲から明らかに安堵と同情の視線が注がれる。久遠自身は、浴場でのやり取りはこのためだったかと、内心で毒づいた。

　あえて全員揃った場所で言うことで、逃げ道を塞ぐつもりなのだ。

「俺の耳には入ってませんが」

「報告するまでもないと思ったのかもな」

「なら、揉め事ではなかったということでしょう」

　久遠の返答が気に入らなかったのか、三島が腕組みをする。いらいらとした様子で指を忙しなく動かすと、眦を吊り上げた。

「どいつもこいつも腑抜けばかりだな。久遠、この件はおまえに任せる。おまえならうまくやってくれるだろう？　おまえのところで兵隊出すのがどうしても厭だっていうなら、他にやらせろ」

　実質、おまえがやれと命じられたも同然だ。三島の言うように他の組にやらせたなら、恨まれるのは三島ではなく久遠になる。

「うちがしゃしゃり出ては、新谷さんの気がおさまらないんじゃないですか」

「心配するな。兄弟には俺からよく話しておく。おまえは、手始めとして一番疑わしいはなぶさの事務所を襲って、動向を窺え」

　三島に前言を覆す気はないようだ。どうあっても自分にやらせたいという強い意図を感じる。

　緊張の糸が張り詰め、誰も一言も発さないなか、久遠はただ黙って三島をまっすぐ見返した。

「ああ、なんだかつまんねえ空気になったたな。お開きだ」

　自分からそうさせておいて、だるそうに立ち上がった三島はそのまま部屋を出ていく。押しつけられてはたまらないと思ったのか、あとに残った者たちもひとりふたりと席を立ち、鴇田と鈴屋、久遠の三人になる。

「どうするんですか」

　帰ろうとした久遠を、鈴屋が引き留めてきた。答えるつもりはなかったものの、

「おまえ、どうする気だ？」

鴇田にも問われて、足を止めた。

「どうしましょうかね」

結局、曖昧な返答ではぐらかす。実際にどうすべきなのか、まだ考えはまとまっていなかった。

「――二年半、か」

平穏なときはあっという間に終わる。いや、二年半なら長かったほうかもしれない。何事もなく過ごせるほうがめずらしい世界だ。

頭をよぎった和孝の顔に、悪いと心中で謝罪する。また気を揉ませるはめになるが、たちの悪い男に引っかかったせいだとあきらめてもらうしかなかった。

さて、どうするか。

この件のみならず、先のことへ思考を巡らせつつ久遠は料亭をあとにした。


世の中にはおしゃべりな奴が多い。

路肩で親父が出てくるのを待つ間、沢木は周囲の話し声に耳をそばだてる。

「久遠はどうするかな」

料亭から出てきた幹部のひとりがこぼすと、もうひとりが喉で唸った。

「自分とところで兵隊出すだろ。ていうか、そうしてもらわないと困る。はっきり言って、とばっちりは食らいたくねえ」

「四代目に頼りにされるのも良し悪しだな」

「ま、もしものときは、ひとりで被ってもらうしかないさ」

無責任なやり取りには、かっと頭に血がのぼる。

それぞれ車に乗って去っていった上層部の短い会話で、中でなにが起こったのか察するには十分だった。つまり、三島は今回の銃撃事件の始末を木島組に押しつけたのだ。

頼りにされているなど、冗談じゃない。あの男は、親しげな顔で親父に近づいておいて、足元をすくうチャンスを狙っているのが明白だった。

ようするに、三島が親父を恐れているからにほかならない。自分の立場を脅かされるのが怖くて、その前に木島組を弱体化させようという腹づもりだろう。

他の上層部は上層部で、まるで他人事だ。自分に火の粉が振りかからなければいいという考えなのだ。

「……させるか」

ぎりっと爪を噛む。

そもそも三島という男が嫌いだった。いつまでも親父があんな男の下で、いいように使われているのが我慢ならない。

「沢木」

間近で呼ばれ、はっとして視線を上げる。

「あ、すいません」

慌てて後部座席のドアを開けると、めずらしいなと肩に手がのった。

「——ぼうっとしてて」

車中へ身を入れた親父に頭を下げ、運転席に回り、急いで乗り込む。走り出してしばらくは黙っていられたが、どうしても聞かずにはいられなかった。

「さっき、うちが兵隊を出すんじゃないかって話を……」

どう言えばいいのかわからず、途中で唇を引き結ぶ。こんな質問をしていいのかどうか、そこから躊躇（ためら）いがあった。

いくら不安を告げたところで親父が自分に詳細を語るとは思えない。これまでも、必要最低限のことのみ口にする組長だからこそ、自分を含めてみなその言葉を百パーセント信じてきた。

「心配する必要はない。おまえは、これまでどおりでいい」

「はい」

一も二もなく返事をする。いつか役に立ちたいという気持ちは日に日に強くなっていく一方だった。

親父は恩人だ。もし拾われなかったなら、自分の人生はまったく別のものになっていただろう。

くそみたいな人生に。

本来、生まれたときからそういう人生を歩む運命だったのだ。

物心ついたときには、気分屋の父親に暴力を振るわれてきた。たったいまにこにこと笑っていたかと思うと、次の瞬間には壁に叩きつけられている、そんなことは日常茶飯事だった。

なにがきっかけになるかわからないから、母親も自分も常にびくびくしていた。

最悪なのは、外面だけはいいせいで円満な家族に見えていたらしいことだ。怪我の絶えない母子が自転車で転んだとか、階段で足を滑らせたとかいう白々しい言い訳を、しばらく周囲は鵜呑(うの)みにしていた。

何度目かの骨折をしたとき。小学二年生の頃だったろうか。

入院を余儀なくされ、おかげで穏やかな日々を過ごすことができた。医者や看護師や、時々やってくる児童相談所の職員はみな優しく、これなら怪我をするのも悪くないと思ったほどだ。

腹いっぱい食べられたのは、なによりの幸せだった。どうしたらこのまま退院せずにいられるか、と考えていた頃だ。

父親が、またしても幸運がやってきた。泥酔したあげくの事故で呆気なく死んだのだ。それを聞かされた瞬間、真っ先に感じたのは、もう殴られなくてすむという安堵だった。

子ども心に嬉しかったのを憶えている。

母親とふたりきりの生活は、貧しいなりに穏やかで、安心できるものだった。金はなかったけれど、子どもの頃のいい思い出といえば、この頃しかない。

だが、それも半年足らずで終わった。今度は母親がアルコールに溺れ、徐々に働かなくなり、最終的には職場をクビになった。

大人から耳にした共依存という言葉は理解できず、頭にあったのは、食べ物のことのみだった。

初めての盗みは、三年生のとき。クリームパンだ。

以降は、まさに絵に描いたような転落人生が待っていた。喧嘩に明け暮れ、まともに中学にも行かず、児童自立支援施設や少年鑑別所を行ったり来たりした。

十四歳になる頃には殺人以外のことはたいがいやり尽くしていて、組事務所にも出入りしていた。

十六のとき傷害で少年院に入り、二年で出所した後も生活は荒れたままだった。いつ死んでもいいと思っていたし、実際無茶ばかりした。

やくざのベンツを盗んで、覚せい剤のパケをいくつも見つけた際には俺にもやっとツキが回ってきたと思い、売り捌いて手にした金で派手に遊び歩いていたのだから、目をつけられるのは当然だった。

拷問されても残りの隠し場所を吐かなかったのは、死ぬのが怖かったからではない。吐いても吐かなくてもどうせ死ぬなら、覚せい剤も金もあの世まで自分が持っていってやると考えたためだ。

あとは、こいつらの言いなりになってたまるかという意地。

だが、あの世にはいかなかった。

目を覚ましてみると、小さな診療所で手当てまでされていて——なにがどうなっているのかわからなかった。

——よくもまあ、ここまで耐えたな。褒め言葉じゃないぞ。呆れておるんだ。

それが冴島との出会いだ。

そして、翌日、親父と会った。

あの日のことは、いまでも時々思い返している。自分がこうしていられるのは、あの日があったおかげだと。

湿っぽい回顧を中断し、マンションの前で車を停めた沢木は、降りてすぐに後部座席のドアを開けてこうべを垂れる。

「明日は何時にくればいいですか」

九時に、と答えた親父がマンション内へ入っていくまで目礼で見送り、ふたたび車を発進させた。

まっすぐ事務所へ走らせ、ガレージに車を入れると中へは入らず、自分のバイクに乗り換える。

行き先は、顔見知りの板金工場だ。

夜の街を走りながら、再度、親父に会った日に思いを馳せる。懐かしむような過去もないし、昔語りも好きではないが、あの日だけは特別だ。

――おまえ、名前は？

それが最初にかけられた言葉だった。

「無断でヤクを売り捌いていた奴らを、おまえのおかげで炙り出せた」

見知らぬ男の言葉に、関係ねえよ、と横になったまま沢木は答えた。

上等なスーツに腕時計。どうせ奴らと同じ穴のムジナだ。助けたことで恩を売って、覚せい剤の在り処を聞き出そうという魂胆なのだろう。

そうはいくか。

無言を貫く沢木に、男は言葉を重ねていった。

「どれほど痛めつけられても、口を割らなかったんだってな。たいした根性だ、と言いたいところだが、ガキが死に急ぐんじゃない」

ガキ扱いされてかっと頭に血が上り、ベッドから飛び起きる。途端に胸に激痛が走り、身体を丸めて呻き声を上げるはめになった。

「ばか者！　誰が動いていいと言った。絶対安静だ」

白衣の老人から叱責されたことも気に入らず、脂汗を滲ませながら、なんとかベッドから足を下ろした。そのまま立ち上がろうとした沢木だが、歩み寄ってきた男の手が肩にのり、それ以上動けなくなった。

「怪我が治るまでは冴島先生に面倒を見てもらえ。その後は、俺が預かる」

「勝手に決めんな。俺は――」

誰の命令も聞かない。一蹴してやるつもりだったが、男にまっすぐ見据えられて言葉を呑み込んだ。

萎縮したわけではない。強面のやくざや山のような体躯の男と対峙したときと比べれば、目の前の男はずっと普通だ。

見かけも、自分に向けられている双眸も。

いや、普通という表現は適切ではない。いたって普通に、自然に振る舞っているようでも、他者とはちがうオーラを感じる。少なくとも、これまで一度も会ったことのないタイプの人間だ。

「また来る」

その一言で男は去っていく。次に来たときはもういねえよ、といつもの自分なら嚙みついたはずなのに、無言で男の背中から目をそらした。

「あいつ、何者?」

この問いに冴島は答えてくれなかった。

「次に来たときに本人に聞けばいい」

と言って。

結局、怪我が治るまで冴島診療所に居座り、その間に男は二度姿を見せた。久遠という名前は二度目のとき本人から聞いたが、木島組の組長だと知ったのは退院して間もなく、組事務所に連れていかれたあとだった。

初めて会った日から四年。

これまでのすべてを一から覆された。居場所と役割を与えられ、学のないクズ同然の自分にもできることがあると教えられた。

ちゃんと見守ってくれるひとがいる、無条件で信頼できるひとがいる、その事実がどれほどの救いになったか。

「……俺がやる……俺がやるんだ」

途中コンビニに立ち寄った以外はまっすぐバイクを走らせて、数十分。

下町の入り組んだ住宅街を抜けた先の、小さな工場の前でバイクを停める。ヘルメットをハンドルに引っ掛けると、沢木は工場の横から入り、裏手にあるトタン屋根の小屋の前に立った。

建て付けの悪い木の扉を叩く。いくら待っても家主は出てこないが、電灯の明かりが漏れているので居留守を使っているにちがいない。

「出ろよ」

がつっと靴先で扉を蹴った。何度か蹴ると、ようやく反応があった。

「家を壊す気かっ」

扉を開けて出てきたのは、初老の男だ。真っ白な髪を掻き上げながら睨んでくる男を押し込むように中へと身を入れる。

「な、なんだ。うちには盗るようなものはないぞ」

安酒でも飲んでいたのだろう、アルコール臭い息を吐き出す男の腕を摑み、「カンさん」と呼んだ。

本名は知らない。カンさんとみなが呼んでいたから、自分も倣っただけだ。十代の頃、盗んで部品を売ったあとの車を解体してもらったことがあった。

「強盗が目的なら、こんなところには来ねえよ」

「じゃあ、なにしに来た」

沢木を見たカンが、怪訝そうに首を傾げる。直後、目を大きく見開いた。

「おまえ……沢木か」

憶えていてくれたらしい。ああと顎を引くと、カンは笑顔になり、前歯のない口を大きく開ける。

「生きてたか。とっくに死んだかと思っていたよ」

おそらく昔の知り合いの誰もが同じことを言うだろう。無茶苦茶な生活を送っていたのだから、当然といえば当然だ。

「これ」

ビールを差し出す。

「悪いなあ」

嬉しそうに受け取ったカンに、

「頼みがある」

さっそく切り出すと、なんのことなのか察したらしい。途端にカンの頬が強張った。

「……いまはもう、やばい仕事はしてないんだよ。取り締まりが厳しくなったからな。そういう話なら、悪いけど帰ってくれ」

ふいとそっぽを向かれたが、簡単に引き下がってはここまで来た意味がない。

「嘘つけ。あんたの板金の腕で、あんなに酒を買うほど儲かってねえだろ」

台所の床に並べてある大量の空き瓶へと顎をしゃくる。中にはそれなりに値の張る酒もあり、なんらかの形で副業を続けているにちがいなかった。

「家探ししてもいいんだぞ。もし商売はやってないってんなら、俺が見つけても金は払わねえからな」

「……そんな」

カンは苦い顔をする。数秒思案のそぶりを見せた後、渋々、足の踏み場もないような部屋の中へと沢木を招き入れると、自身は卓袱台の奥を探り始めた。

「本当に、最近はやってないんだ。割に合わなくなったからな。よっぽど外国人相手のダフ屋のほうが儲かる――ああ、あった。最後の一丁だ」

紙袋を手渡され、ずしりとした重みに沢木は生唾を嚥下した。

「いくらだ？」

「ここのところ高騰しているからな。大負けに負けて、弾込みでこれ」

指を三本立てたカンに、ポケットから取り出した封筒を押しつける。

「二十でいいよな」

「は？　いいわけないだろ。粗悪な中国製ならまだしも、ロシア製だぞ？　虎でも獅子でも一発で倒せる代物だ」

「最近やってないって言ってなかったか？　高騰する前のものなら、それで十分だろ」

「そ、それは……っ」

言葉に詰まったカンを無視して、紙袋をぎゅっと握り締める。懐にしまうと、すぐに小屋を出た。

心臓ががんがんと鳴り始め、手のひらは汗でびっしょり濡れている。こんなことでビビるなんてと、何度か肩で大きく息をつくが、なんの役にも立たない。

周囲には人っ子一人いないとわかっていたが、警戒しつつ紙袋をメットインに入れてからバイクに跨がり、来た道を戻った。

虎でも獅子でも一発というカンの言葉が脳みそにこびりつき、刺激してくる。それなら、三島の頭を弾いたほうが早いのではないか。いっそのことそうしてしまおうか。

その思いつきにはやたら昂揚し、最善の方法のような気がし始める。

「…………」

胸を大きく喘がせた沢木は、駄目だと自身に言い聞かせた。

それでは元も子もない。不動清和会は一枚岩なのだから、ここでヘマをするわけにはいかなかった。

なんとしてもやり遂げなければ。

すでに木島組のことなど二の次だった。親父の役に立ちたい、恩に報いたい、頭にあるのはそれのみだ。

挑むように前方を睨みつけ、沢木は夜の街を飛ばした。

4

「意外に手こずっているみたいだな」

　昼休憩中、そう言ったのは津守で、情報を求めてネットニュースを片っ端から探していた和孝は苛立ちを覚えながら頷いた。

「本当、なにやってるんだろ。人員は厭ってほどいるくせに、三島さんの力もそれほどじゃないってことだな」

　進展のなさに悪態をつく。不動清和会のトップであっても、一般人である自分には関係ない。それどころか、三島のせいで巻き添えを食らい、不自由を強いられていることを理不尽だと思っている。

「下の者は大変だ」

「だよな。ていうか、時代遅れにもほどがある。親分の言うことは絶対。黒いものも白になるなんて、どう考えてもおかしい。普通なら、自分のことは自分で解決しろで終わる話だろ」

　遠慮なく物騒な台詞を並べられるのは、村方が私用で出かけているためだ。もし村方がいたなら、いたずらに不安がらせてしまう。

「電話してみたらいいのに」

ネットばっかりやってないでと言外に助言される。

大変だからと遠慮してこちらから電話はせず、かかってくるのを待つ一方なのは確かに苛立ちを増長させている原因かもしれなかった。

後回しにされるのはいつものことだが、なまじ平穏な生活が続いていただけに、いきなりこういう状況になるとそのこと自体にもムカついてくる。

やりたいときしか俺に用はないのかよ、と文句のひとつもぶつけたところでばちは当たらないはずだ。

「俺、いつの間にかすっごい物わかりのいいひとになってるよなあ」

携帯をポケットに突っ込んだ和孝は、スツールから腰を上げた。

「ちょっと出てくる」

賄いの残りを容器に入れ、その一言で店を出る。本人が不在であっても、合い鍵(かぎ)を持っているのだから気兼ねする必要はない。そう自身に言い聞かせて、スクーターで久遠(くどう)宅へ向かった。

途中で立ち寄ったスーパーで適当に食材を買う。会計をしようとしたとき、レジ横の陳列棚に週刊誌が並んでいるのが目に入った。

迷ったすえ歩み寄り、『Wednesday』を手にとる。暴力団絡みの見出しを見つけ、ぱらぱらと捲ってそのページを開いた。

ざっと斜め読みしたところ、目新しい情報はない。それ以前に当の記事自体、南川の書いたものではなかった。

次のページの小さな枠に、Y南川の文字を見つける。ネット詐欺に関する、これまで幾度となく見聞きしてきた、使い古された記事だった。

週刊誌を陳列棚に戻した和孝は、暗鬱とした気分でレジの列に並ぶ。南川の目的がなんなのか、判然としないだけに厭な感じがした。

二度と会わずにすめばいいけど……。

会計をすませたあとは、まっすぐスクーターで久遠のマンションを目指す。マンションに到着すると、一応周囲を窺い不審な男がいないことを確かめてから中へと入り、エレベーターで最上階に昇った。

合い鍵を使うのは、何度目か。渡されたのはもう何年も前だが、おそらく片手ほどではないだろうか。

久遠は自宅以外にも、事務所の近くにもうひとつ寝泊まりするための部屋を持っている。和孝の住んでいる部屋よりずっと広い、３ＬＤＫだ。

通い慣れたここに至っては、何度訪れても広すぎると思わずにはいられない。シャワーブースつきの寝室にしても、太陽や月の明かりが差し込む中庭が望めるリビングダイニングにしても独身男がひとりで住むにはあまりに贅沢だ。

もっとも着替えや日用品、生活雑貨等、かなりの物を持ち込んでいる自分がそれを言うのは憚られ、せめてベッドルームとリビングダイニング以外の部屋には足を踏み入れないようにと気を遣っているのだ。

久遠は一度戻ってきたのか、クリーニングボックスにはワイシャツが投げ込まれている。リビングダイニングのソファの上にある新聞も広げられた形跡があり、ほっと胸を撫で下ろした。

持参した容器を冷蔵庫に入れ、買い足した食材で日持ちのする惣菜を作り始める。

「……俺は、おかんかよ」

おとなしく電話を待っているうえ、食事の心配までするなど、いったいなにをやっているのか。自分で自分に呆れてしまう。

どっしり構えていられないのは、和孝自身の問題なのだろう。木島組が襲撃され、久遠が怪我をしたときの恐怖はまだ少しも薄れていない。なにかあるたびによみがえり、同じ怖さを味わっている。

それを久遠に打ち明けるつもりはないし、自分で乗り越えるべきだとわかっているが、当分の間は難しそうだ。

とはいえ、行動に移したことで多少は気持ちが落ち着いた。やはり、じっと待つだけというのは性に合わない。

久遠は、和孝の身を案じてなにかあるたびに遠ざけるのだろうが、なにもできずに待つだけなのは精神衛生上悪い。

「あ、やば」

洗い物をすませ、時刻を確認した和孝は慌ててエプロンを外す。ぐずぐずしていては夜のオープンに間に合わなくなるので、急いで久遠宅を出た。

地下駐車場からスクーターで地上に出たとき、ふと、正面玄関の前に立つ男の姿が視界に入る。

なにか用事でも言いつけられたのか、沢木だった。

いったんスクーターを降りて近寄ろうとした和孝だが、なんとなくいつもとちがう様子の沢木に躊躇い、二の足を踏む。

沢木はマンションの上階をじっと見ていたかと思うと、深々と頭を下げ、バイクで去っていった。

なんだ?

不審に思うと同時に、反射的に沢木のあとを追っていた。

沢木が久遠に心酔しているのはいまさらだが、それにしても様子がおかしい。久遠が不在のマンションにわざわざやってきたこともそうだし、どこか思い詰めているようにも見えた。

あまりに深刻そうな横顔につい追いかけてしまったが――沢木はどこへ行こうとしているのか。

引き離され、見失いそうになりながらも信号に助けられてなんとかついていく。沢木の目的地は、一等地にある新築のタワーマンションだった。

こんなところで、いったいなにをしようというのか。

路肩にバイクを停め、道路を隔てた向かいにあるタワーマンションを凝視したまま仁王立ちしている沢木を、数メートル離れた場所から窺う。

やはり変だ。普段からそっけなく、なにを考えているかわからないところがあるけれど、少なくとも無意味な行動をとる人間ではない。

しかも、注意深い沢木が、自分の存在に気づかないのもおかしい。それだけ切羽詰まった事情があるのではと、どうしても疑ってしまう。

このマンションに誰がいるのだろう。

言い様のない胸騒ぎを覚え、息を殺して沢木をじっと見つめる。

正面玄関のガラス扉が開き、夫婦らしき男女が出てきた。沢木は動かない。安堵したのもつかの間、また男がひとり外へ出てくる。

その後も家族連れや女性等、数人がマンションを出入りしたが、沢木はただ見ているだけだった。

声をかけようか。

いや、久遠になにか命じられてここに来たのかもしれない。だとしたら、よけいなお節介どころか、邪魔になるだけだ。

そう思うものの、どうしても気になり、立ち去ることができずに和孝も留まる。

左手から黒塗りの車がやってきた。マンションの正面玄関につけると、運転席から男が降りてくる。

男は誰かを待っているのだろう。

途端に沢木の身体に力が入ったのがわかり、車と男を注視していると――驚いたことに正面玄関から現れたのは、三島だった。

「……っ」

瞬時にありとあらゆることが頭を駆け巡る。ぴりぴりとした緊張感をまとった沢木が胸元に手をやったのを目にして、心臓が大きく脈打った。

まさか――。

三島が車へ乗ろうと身を屈める。沢木が一歩足を踏み出した。和孝は衝動的に駆け出し、沢木に飛びかかっていた。

「……んで、おまえが――」

驚きに見開かれた双眸が、次の瞬間、怒りに満ちる。

「関係ねえ奴はすっこんでろっ」

低く、噛みつくように言い捨てられたが、引き下がるわけにはいかない。震える手で必死に沢木にしがみつく。

「放せって言ってんだろ」

「……厭だっ」

振り払われようと押されようと、手を離すつもりはなかった。

揉み合ううちに、沢木の胸ポケットからなにかが落ちる。地面に視線をやった和孝は、紙袋からちらりと覗いたそれを目にした瞬間、凍りついた。

即座に紙袋を拾った沢木が舌打ちをし、胸元へしまう。にわかには信じがたいけれど、見間違いでも幻でもない。

なにより、沢木の慌てぶりが和孝の正しさを証明している。

「……どういう、ことだよ」

また舌打ちをした沢木は、険しい顔で和孝の手をはたき落とした。

「くそっ。てめえのせいで」

その一言で沢木が踵を返す。すでに三島の乗った車は走り去っていた。

「てめえのせいでって──俺がいなかったらなにをするつもりだったんだっ」

衝撃はおさまらない。全身の産毛が逆立つような怒りがこみ上げ、覚えず沢木の頰を張る。

「なにするんだ、てめえっ」

睨みつけてきた沢木が、ぎりっと奥歯で音を立てる。まるで身体じゅうから熱を発散しているかのように見える沢木だが、謝るつもりも引き下がるつもりも和孝にはない。殴り合いになってでも止めるつもりでいた。

「久遠さんは——久遠さんは、沢木くんがこんなことしてるって知ってるのか！」

それしか頭になかった。

「……そんなの……関係ねえだろ」

沢木が返答に詰まる。答えを言ったも同じだ。

「関係ないわけない！　おまえ、あのひとを刑務所に入れるつもりなのか？　おまえが三島さんになにかやったら、久遠さんがどうなるかわかってるだろっ。あのひとは……久遠さんは……っ」

その先が言葉にならず、激情に任せて胸倉を摑んで揺さぶった。

動揺、焦燥、怒り、悔しさ。

興奮がおさまらず、身体の震えも止められない。頭の中もぐちゃぐちゃだ。

「あのひとが捕まって……それで、もし……」

感情的になるばかりで、自分でもなにを口走っているのかわからなくなり、ただあふれ出る激情を目の前の沢木にぶつけた。

どんと胸を叩いた和孝に、沢木が何度めかの舌打ちをする。

「目立ってんだろ」

「そんなこと」

どうでもいいと怒鳴ってやろうとして、周囲の視線に気づく。興奮するあまりここが往来で、多くのひとの目があるというのを失念して声を荒らげてしまっていた。

沢木のシャツを摑んでいた手を離した和孝は、深呼吸をする。冷静になるどころか興奮状態は続いていたが、これ以上往来で騒ぐわけにはいかない。

懸命に抑え、唇を引き結ぶ。

「四代目になにかしようとしたわけじゃねえよ」

ぼそりと沢木が呟いた。

「でも、だったら、それは——」

紙袋の中身は確かに銃だった。ごまかすつもりかと睨みつけた和孝の前で、沢木はぞんざいな手つきで坊主頭を搔いた。

「俺を使ってくれって、四代目に頼みにきただけだ。あと、破門してもらおうと——ていうか、なんで俺はこんなことおまえに喋ってんだ」

ちっと、また舌打ちをする。

「破門？」

苦い顔で目をそらした沢木に、どこまでばか野郎なんだと和孝は歯噛みをした。

沢木は久遠に迷惑がかからないよう、自分ひとりで処理するために三島のもとへやってきたらしい。そうすることが、久遠のためになると思い込んでいるのだ。

「なにやってるんだよ。沢木くんが無茶をして、久遠さんが平気でいると思ってるのか？　哀しむのわかってるだろ」

沢木の喉が鳴り、顔が歪む。

「……そんなの」

目尻をうっすら染め、痛みに耐えているかのような表情になった。

「――くそっ。なんだよ、てめえはよ。うろちょろしやがって。目障りなんだよ」

ぶつぶつと文句を並べながら背中を向けるが早いか、バイクに跨がった沢木は、和孝の知るいつもの沢木だ。無愛想で、頑固で、一本気な青年に戻っている。

ほっとした途端に気が抜け、和孝は傍にあった電柱にもたれかかった。

エンジン音を轟かせて去っていくバイクを見送り、一息ついたのもつかの間、ポケットの中で携帯電話が鳴り始める。

びくりとした和孝は、本来の自分の仕事を思い出した。

「あ、まずい」

すでに開店時刻は過ぎている。いまから戻っても、三十分以上の遅刻だ。

「ごめん。すぐ戻るから」

開口一番で謝罪した和孝に、よかったと津守が安堵の声を聞かせた。

『あんなことがあったあとだし、どうしたのかと思った。とりあえず一時間遅らせるから、慌てず戻ってきてくれたらいい』

あんなこととは、南川の一件だ。

「ごめん」

頼れる仲間にもう一度謝り、電話を切るとスクーターで来た道を戻る。頭の中でたったいまの出来事を反芻しながら。

沢木が思い詰めるほど事態は深刻になっているということか。自分が蚊帳の外に置かれるのはいつものことだが、何度経験しても慣れるものではない。

でも、と和孝は頰を引き締めた。

今日沢木に会ったことは、きっと無駄ではなかったはずだ。おそらくこうして久遠の身を案じていることにしても、無意味ではないだろう。

一寸先がわからないように、明日なにが起こるかなんて誰にもわからない。それなら、自分は自分のできることをやっていくだけだ。

久遠と最後に会ってから、今日で五日。

「早く終われ」

傍にいるとき以上に、離れているときのほうが久遠の存在をより強く感じる。それは、和孝が久遠に会いたい、顔が見たいと思っているからにほかならなかった。

「ごめん。うっかりしてて」

店に着いた和孝は津守と村方に謝罪し、さっそく厨房に入る。ふたりは理由を問うてくることなく、何事もなかったかのように接してくれ、無事一時間遅れの開店となった。

「いらっしゃいませ」

夜の店内は家族連れやカップル、女性グループで占められるなか、めずらしく男性客がひとりでやってくる。

初めて見る顔だ。

カウンター席の隅に腰かけた彼は店内をくまなく見回したあと、和孝へ視線を投げかけてきた。

雑誌に掲載されたこともあって興味本位で見てくる客もいるにはいるが、こうもあからさまなのはめずらしい。しかも男だ。

「すみません。お待たせして」

以前どこかで会っただろうか。顔を憶えることは得意のはずだけど。そう思いつつ、こちらから声をかける。

「ああ、すみません」

男はビールのグラスを掲げてみせた。

「一杯やっているので大丈夫です」

そう言うと、ふっと眼鏡の奥の目を細める。

「いい店ですね。つい無遠慮に見てしまいました。じつは、近々自分も店を出そうかと思っているところなんです」

そういうことか。

どうりで会社員っぽさがなかったわけだ。仕事疲れの様子もなく、夜にもかかわらずたったいま身につけたようにスーツもネクタイもぴしりと整っている。

なにより雰囲気がちがう。

自由業、あるいは実業家。

三十代前半とまだ若く、精力的で、失敗を恐れない、BM(ビーエム)にいた頃によく見たようなタイプだ。

「じゃあ、敵情視察ですね」

和孝も笑い返す。

Paper Moon(ペーパームーン)を始める前、和孝自身、いろいろなレストランに出かけていった。自分の好みを把握し、明確なヴィジョンを描くのに大いに参考になった。

「敵情視察か。まあ、そうですね」

唇を左右に引いた男の前に、トリュフのオムレット、海老とマッシュルームのアッラーリォを置く。グラスを空にし、白ワインを注文すると、男はさっそくオムレットから口に運んだ。

「うまい」

これ以上の言葉はない。

「ありがとうございます」

礼を言い、和孝は調理に戻った。

彼はいつの間にか消えていたものの、綺麗に平らげてあった皿を見て嬉しくなる。どこにどんな店を出すのか知らないが、仄かな仲間意識、ライバル心も芽生えた。

「コースふたつ、お願いします」

津守の声に、はいと答えた和孝は気を引き締める。

「村方くん、パンの準備お願い」

忙しく働くことのありがたみを感じながら、いつもと同じ目まぐるしい時間を過ごしたのだった。

めずらしく三代目から電話がかかってきたかと思えば――。

『久遠さんに連絡したいって言ったら、叔父が携帯を貸してくれました』

まるで高校生が言うような台詞を口にした鈴屋に呆れ、顔をしかめる。番号を教えている相手はごく少数だが、このタイミングで予定外の人間に知られるはめになったことは久遠にしてみればよけいな火種を抱え込むも同然だった。

「なんの用だ」

簡潔にすませるよう、口調に込める。

『なんか、迷惑がってます？』

これには返答せずにいると、ようやく鈴屋が用件に入った。

『どうもおかしいんですよね。三島さんの警護と称して若い奴を二、三人行かせたんですけど、すぐに帰されました。まあ、間に合っているっていうならそれでもいいんです。でも、三島さん、日がたつにつれてむしろ緊張感なくなってませんか？』

「聞く相手を間違っている」

疑問があるなら三島に直接聞けばいい。そういう意味での返答を、

『無理ですって』

鈴屋が即座に撥ねつける。

『そんなこと言って無事でいられるのは、久遠さんと鴇田顧問くらいでしょ』

無事というのがどの程度を言うのか知らないが、鈴屋の言葉は正確ではない。自分はもとより、たとえ隠居間近の鴇田であろうと手ぶらで踏み込めば、なんらかの傷を負うはめになるだろう。

三島相手には、こちらもそれなりにガードしておく必要がある。

『あと、俺が調べたところだと新谷さんところの加賀組、結構逼迫してるって話です』

そうか、と一言返す。

若造だからと舐めてかかったら足元をすくわれかねませんよ、と三島への忠告を心中で投げかけながら。

もとより自分も例外ではないが。

『で、新谷さんは裏で——』

鈴屋の言葉をキャッチの音が阻む。

「悪いが切るぞ。三島さんから電話だ」

そろそろかかってくる頃合いなのはわかっていたので、無視するわけにはいかない。結城組の事務所に銃弾が撃ち込まれてからというもの、三島の声を聞かない日はなかった。

『マジですか。もちろん、出てください』

鈴屋は慌てて電話を切り、久遠は三島の電話に出る。

『遅(おせ)え』

開口一番の文句にも、いいかげん慣れてきた。

「俺を暇つぶしに使うのはやめてもらえませんか」

昨日ゴルフコンペで会ったばかりだ。遠回しな皮肉を察する男ではないと承知で、ぞんざいな口をきく。

三島にしても久遠の対応には慣れているのだろう、あっさり聞き流し、わざとらしいため息をついた。

『それもこれも、おまえがトロいからだろ。厭なら犯人を俺の前に連れてこい。じゃなきゃ、カチコミかけろよ。俺は結果が欲しいんだ』

三島の口を閉じさせるために、いっそ誰でもいいから犯人に仕立て上げて差し出そうかという気にもなる。幸い、三島の言っていたように有坂(ありさか)のキャバクラで揉(も)めたらしいので、そのうちのひとりを見繕うという手もある。

のらりくらりと躱(かわ)すのも、お互い限界だった。

「俺はあなたと拗(こじ)れたくないんです」

『なんだ？　これはまた殊勝な話だな』

一笑に付されたが、構わず言葉を重ねていった。

「本心ですよ。他（ほか）の組織を威圧できるのも、執行部や幹部をまとめられるのも、三島さんしかいないと思ったから、俺は四代目争いから退いたんです」

三島からの返答はない。この男はなにが目的でこんな話をするのかと、いま頭をフル回転させているはずだ。

半分どころか十分の一も三島が信じないだろうことは、久遠自身承知のうえだった。

「三島さんにも、まだ俺が必要だと思っていますが」

さらにしばらく間が空く。たっぷり一分は待たされてから、三島の、ひとを食ったような声が聞こえてきた。

『だから、カチコミの話はなしにしろって？』

「有り体（てい）に言えば、そうですね」

『俺が狙（ねら）われてもいいって言うのか？』

「三島さんは狙われませんよ」

でしょう？　と続ける。

この際、三島の答えがどちらでもそう重要ではなかった。そろそろ終わりにしたい、終わらせたほうがいい、本意はそれだけだ。

『俺の狂言だって言うつもりか？』

はっと笑い混じりの問いかけに、いえと否定する。

「そうは言ってません。三島さんも薄々気づいているから、兵隊出せと言いながら、急かさないんじゃないですか？」

普段の三島なら、犯人を見つけるかカチコミかなどと悠長に選択させるようなことはしない。兵隊を出せと言ってきた時点で、決定したも同然だ。

『おまえ――』

三島がそこで黙り込む。

鈴屋の言ったように、今回の件はそもそもおかしい。結城組の事務所への銃撃はまだしも、その後の新谷を狙った件はあまりにお粗末だ。大事にはしたくないという意図さえ感じられる。

「ああ、どうやら『結果』が来たようです」

そのときノックの音がして、電話は繋げたまま上総を室内に招き入れた。

上総はデスクの前まで来ると、ちらりと久遠の手にある携帯電話を見てから口にのぼらせた。

「捕まえました。ふたりとも特定の組には属していない素人です。命じたのは誰か、口を割らせましょうか」

素人なら、あっさり黒幕を吐くはずだ。が、そのまま引き渡せば、三島には都合が悪い

結果になるだろう。

顎を引いた久遠は携帯を手で押さえ、

「なにも喋らせるな」

一言命じた。

三島がもっとも困るのは、彼らの口から新谷の名前が出ることだ。もし公になれば、今回の件は確実に三島の不始末とみなに認識される。

それなら、自分のやるべきことは決まっていた。

恩を売る気はさらさらないが、三島に対峙するには、切るカードは一枚でも多いほうがいい。

「では、死なない程度に」

意図を察した上総が頷き、黙礼してから部屋を出ていく。ふたたび携帯を耳へやると、途端にトーンダウンした三島の様子が伝わってきた。

『やっぱり新谷、だと思うか?』

「ええ」

『ったく、あいつ、なにをやってるんだ。今日になって、犯人を捕まえたって嬉々として電話してきやがった。これで兄貴が狙われることはないとさ』

なにをやっているかは、新谷本人に聞けばわかることだ。

おおかた、三島と自分の格差に苛立ち、くすぶっている自身を売り込む目的で今回の事件を起こしたのだろう。犯人を自分で始末したとでも言って上層部にアピールし、あわよくば幹部に、と考えたのだとしても不思議ではない。

仮に三島の足を引っ張るのが目的なら上出来だが——いずれにしても短絡的な方法に出るような男だ。この結果も当然だと言える。

三島がどういうケリをつけるかは、久遠にはどうでもいいことだった。

『くそ忌々しい』

三島の本音だろう、その一言で電話は切れる。

「でしょうね」

携帯に向かってそう言い、久遠は煙草へ手を伸ばした。ふたたびドアがノックされて入るよう促すと、姿を見せたのは上総と——沢木だった。

「沢木が、どうしても報告したいことがあるようです」

それだけで上総は部屋を出ていき、沢木ひとりが残る。ドアの近くで立ち尽くす沢木の顔は青ざめ、悲愴感に満ちていた。

「なにがあった」

久遠が水を向けるや否や、沢木はその場に正座し、ごつっと鈍い音をさせて額を床に打ちつける。がっしりした肩は小刻みに震えていた。

「す、すいませんっ。俺……」

上擦った声からもよほどの事態だと推測する。これほど狼狽える沢木を目にするのは、もとより初めてだ。

椅子から腰を上げた久遠は沢木の前に立ち、見下ろした。

「言ってみろ」

ひゅっと喉を鳴らしてから、沢木が話し始める。

「四代目からカチコミを命じられたと聞いて——俺が、ひとりでやるつもりでチャカを手に入れました。組には迷惑をかけないよう、今日、破門してもらおうと思って四代目のマンションに——」

沢木らしい、ではすまされない。勝手に暴走して取り返しのつかない状況に陥れば、組の存続にかかわってくる。

「行ったのか」

先刻の電話で三島はなにも言わなかった。手札として残しておくためか。

「……はい」

「それで、三島さんは承諾したのか？」

不測の事態に久遠は顔を歪める。沢木への怒りというより、そこまで考えが至らなかった自分自身が腹立たしかった。

沢木は若い。思い詰めるあまり暴走してもおかしくない年齢だ。特に沢木は、感情を内側に溜め込む性格だとわかっていたはずだった。

「い、いえ……会ってません」

絞り出すようにそう言った沢木の口から、直後、意外な名前を耳にする。

「ゆ……柚木に、止められました」

「和孝に？」

沢木は丸めた背中を大きく上下させると、額を床につけたまま経緯を話していった。

「親父のマンションの前で、たぶん、偶然俺を見かけたんだと思います。あとをつけてきた柚木に……殴られました」

沢木の唇に血が滲んでいたのはそのせいか。

久遠は肩の力を抜いた。安堵した、というより拍子抜けしたと言ったほうが近い。

どういうわけか、沢木と和孝には縁がある。ＢＭが火事になったときもともにいたし、今回もそうだ。

沢木が和孝についているときならまだしも、離れているいまですらこうなのかと不思議な感覚になる。

「出せ」

久遠のその言葉に、顔を伏せたまま沢木は胸元から紙袋を取り出し、ぶるぶると震えている両手で掲げた。

「指でも、なんでも詰めて……お詫びを……」

気がすまないのかそんなことを言い始める沢木を見下ろした久遠は、ふと、組に誘った際のことを脳裏によみがえらせていた。

傷つき血を流しながらも、ぎらついた双眸で見てきた沢木は、久遠の目には捨て犬同然に映った。

しばらくして運転手にしたのは、うまく育てばどこかで使えるかもしれないという思惑があったためだ。

沢木は期待以上だった。必死で食らいつき、義を通そうとする沢木に特別目をかけてきたのは、久遠自身、情を感じているからにほかならない。

ほぼ毎日顔を合わせ、成長を見てきたのだ。

「よせ。拓海」

名前を呼ぶと、沢木の肩が揺れる。

「指ひとつ傷つけることは許さない」

「お……やじっ……俺、す、ませ……っ」

身体をいっそう小さく丸め、とうとう嗚咽を漏らし始めた。

おそらく子どものときから泣いたことなどないのだろう、そう思うとなんともやりきれない心地になる。

　黙って肩に手を置き、紙袋を手にしたまま部屋を出た久遠は、ドアの外で待っていた上総にそれを手渡した。

「まだ子どもですからね」

ため息混じりで吐き出された上総の一言には、苦笑するしかない。

「親に隠れて無茶をするのは、当然か」

　そう返すと、上総も笑った。

「俺は、母親役なんてごめんですが」

「そう言わず、今日はついていてやってくれ」

　ポケットから取り出した煙草を上総に向ける。

「いただきます」

　一本抜き取るのを待って、久遠自身も唇にのせた。

「それにしても」

　和孝だ。無茶をするという点では、沢木にも引けをとらない。

　BMがなくなって二年半。自分の店を持ち、身辺も落ち着き、最近では顔つきも穏やかになってきたというのに、性分ばかりは変えようがないらしい。

　日頃から自分は一般人だと主張しているくせに、どこの世界にやくざに殴りかかる一般人がいるだろうかと呆れる。

　自分から厄介事に突っ込んでいく癖は相変わらずだ。自身の危険を二の次にするきらいがあるため、何度頭の痛い事態になったことか。

　こっちの気も知らず——。

　煙を吐き出しながら、柚木くんに甘い、と宮原に言われた言葉が頭に浮かんだ。

　甘いかどうかはさておき、この世界に足を踏み入れたときにはまさかこうなるとは想像もしていなかった。

　特別なものを抱えるはめになろうとは。

　目的を果たすために、むしろそういうわずらわしさを捨ててこの道を選んだと言ってよかった。

　だが、沢木も和孝も間違いなくなくてはならない存在だ。一方は子として、もう一方は——。

　ふさわしい言葉が思いつかず、しばし考える。いろいろ当てはめてみたが、どれもしっくりこなかった。

「今回は、柚木くんに助けられました」

　そう言った上総が、なにを思ってか小さく吹き出す。

「スカウトしたいくらいですよ」

その一言で、これまでの数々の出来事を思い出しているのだろうとわかった。

「笑えない冗談だな」

咥えた煙草を上下に揺らし、肩をすくめる。ただでさえ懐かない猫を懐かせるのにどれほど骨が折れたか知れないというのに、このうえ親の役目までする気はない。

「調子にのると困るから、礼はするなよ」

「わかりました。彼は、予想できませんしね」

「まったくだ」

ドアの向こうから微かに聞こえてくる泣き声を耳にしながら、久しぶりに上総とふたり、ゆっくり一服する。

今日の煙草の味がちがって感じる理由に、久遠自身、気づいていた。

5

定休日の今日、昨夜から久遠宅を訪ねていた和孝は、夕刻、帰宅した部屋の主をリビングダイニングのソファの上で迎える。

視線はテレビに釘付けになったままで。

「なにを熱心に見ているのかと思えば」

「シッ。黙って」

ちょうど、組事務所襲撃事件の犯人像について報じられていた。というのも昨日、福岡で暴力団組員の民家立てこもり事件があったことで、ここ数ヵ月の間に起こった暴力団関連の事件を取り扱っているのだ。

『暴対法の改正以降、暴力団絡みの目立った事件は減っていたはずなんですが、ここにきてまた増えてきましたね』

そう言ったのは、コメンテーターのひとり、元マル暴の刑事という肩書の男だ。元マル暴だけあって鋭い眼光で発せられるコメントに、女性キャスターはさっきから頬を強張らせている。

『結城組を襲撃した犯人は捕まっていませんし、今後激化する恐れがあるということでしょうか』

女性キャスターの質問に、元マル暴が深く頷いた。

『そうですね。その可能性は大きいと思いますよ。なにしろ三島辰也は不動清和会の現会長ですから。このままではすまないでしょう』

『それは……怖いですね』

勢力図まで用意されての説明はわかりやすく、普段は縁のない一般人に恐怖を与えるには十分だった。

「まだ捕まらないって、どういうことだよ」

テレビに向かってこぼし、首を捻る。

それにしては、自分は呼ばれてここにいるし、久遠にしてもずいぶん早い帰宅だ。解決したのだとばかり思っていたのに。

『さて、続いてはお天気です』

スタジオの雰囲気ががらりと変わり、週間天気予報を伝え始める。ようやく一息つき、ソファから腰を上げた和孝は、

「あれ」

久遠の姿を捜してリビングダイニングを出た。

水の音に誘われ、バスルームへ足を向ける。扉には久遠の影が映っていて、扉越しに話

しかけた。

「夕飯、鱈ちりにしたけど」

中から返事はない。シャワーの音に掻き消されたのだろう。和孝は扉を開け、もう一度同じ台詞を口にした。

「夕飯、鱈ちりにしたって言ったんだけど」

湯を止めた久遠の目がこちらへ向けられる。視線が合うと、条件反射でどきりとするのはいつものことだ。

久遠の返事を待って扉を閉めようとした和孝だが、人差し指で招かれて、唇を歪める。呼べば尻尾を振って来ると思っているところが憎らしい。

「まだやることあるし、風呂はひとりでゆっくり入りたい派だから」

いまさらと承知で断ると、

「そうか」

呆気ないほど久遠はあっさり退く。直前まで絶対拒否と決めていたのに、それはそれで物足りなくなる。

「なんだよ」

「なにが？」

浴槽に身を沈め、両手で髪を掻き上げる仕種にすらときめくのはもはやどうしようもない。数え切れないほど目にしてきた些細な仕種や手つき、表情でも初めのときと同じ、いや、それ以上に惹きつけられる。

久遠のせいではなく自分自身の問題なので、きっと今後も変わることはないのだろう。

そう思うと、いまから鍋の仕上げに取りかかるのがばからしくなり、エプロンを外した和孝は、身につけていたシャツの前を開いた。

「ひとりでゆっくり入る派じゃなかったのか？」

白々しい問いかけには、

「ふたりで、ゆっくり入ればいいだろ」

男ふたり十分入れる広さだし、と返してパンツを脱ぎ捨てる。下着もとってシャワーを頭から浴びていると、伸びてきた腕に捉えられ、強引に浴槽に引き入れられた。

「うわ、危な——っ」

その先は言葉にならない。

「ゆっくり入る？　難しいだろうな」

耳元に触れた吐息に息を呑む。うなじに口づけられて、咄嗟に身動ぎしたのはもちろん厭だからではない。

「ふ……」

唇を合わせ、自分のほうから舌を絡ませる。知らず識らず久遠の大腿を跨ぐ格好になる頃には、口づけを交わしながら熱くなった身体を押しつけていた。

「ん……あぁ……」

大きな手のひらで背中をまさぐられ、あっという間に身体の奥に火がつく。指が尾てい骨に触れ、そのまま入り口へと滑っていったときも、身体の力を抜いて協力した。

「あ」

「昨夜あれほど緩めたのに、もう閉じてるな」

昨夜の行為のせいで少し腫れぼったく感じる入り口を撫でられると、背筋から脳天まで甘い痺れが駆け上がる。耳元で囁かれる声にも反応し、身体の震えが止められない。

久遠はそのまま指で入り口を割ると、中へともぐり込ませてきた。

「……んな、広げたらお湯が、入るって」

じっとしていられず身動ぎする。

直後、身体が浮き上がり、久遠にしがみついた。

バスタブの縁に腰かけた久遠といっそう密着した格好で、後ろを愛撫される。

「これなら文句はないか?」

ボディソープだろうか、ぬるぬると浅い場所を擦られるとたまらなく気持ちよくなり、和孝は何度も頷いた。

「あ、あ……いい」

道を作る、その行為にすら慣れた身体は反応してしまう。すぐに指では物足りなくなるのだ。

「も、いい」

体内をくすぐられ、撫でられ、奥深くが疼(うず)き始める。そこを突かれたときの快感を身体が憶(おぼ)えているせいで、我慢できずに久遠を急(せ)かしたけれど、まだ望みを叶(かな)えてくれるつもりはないようだ。

「もう少し」

その一言で、内側ばかりを刺激してくる久遠に、自然に腰を揺らし始めた和孝は、切なさのあまり自身の手を性器へともっていった。

だが、前への刺激だけでは満足にはほど遠い。もっと強烈な、目も眩(くら)むほどの愉悦を知っているせいで、よけいに焦(じ)れてくる。

「いいから、早く……」

求めているのは、熱く、雄々しく、逞(たくま)しいものだ。圧倒的な存在に内側から満たされたい。

これ以上長引かされることは拷問にも等しい行為だった。

「な……んでだよ」

肩を叩(たた)いて責めた和孝に、普段とはちがう、情欲に掠(かす)れた声が囁いた。

「いつも最初はつらそうな顔をするのに？」

「そんなの……いいから」

どうせすぐに苦痛は消える。そういう意味だったけれど、返ってきたのは期待した答えではなく、しれっとした一言だった。

「あとは、単純に俺が愉しい」

実際、愉しげな上目遣いで覗き込まれ、和孝は気恥ずかしさからちっと舌打ちをする。

「見てんなよ」

めずらしく優しい言葉をかけられた、などと思ったのが間違いだった。久遠は存分に与えてくれるが、それ以上の見返りを欲し、奪っていくのだから。

「見るに決まってるだろう」

思ったとおり、甘い声でそそのかそうとする。

さらなる羞恥心を煽られた和孝は、わかっていながらも反論すらできなくなった。

「この身体の隅々まで」

「うんっ」

恥ずかしさより、昂揚が勝る。身体が裏切る。

指が性感帯を掠め、ああ、と声を上げて仰け反った。その後もさんざん喘がされ、ぐずぐずになるまで蕩かされて——どうにもならなくなった和孝は、ストレートに求めるしかなかった。

「もう、挿れれば……いいだろ」

すんと鼻を鳴らし、擦り寄る。これでもまだ焦らすつもりなら、自分から跨がってやるつもりだった。

だが、その必要はなかった。

久遠の双眸にこれまで以上の情欲の火が灯る。それを目にした瞬間、一刻の猶予もないほど昂揚し、久遠の熱がそこに押し当てられたときには理性は欠片まで吹き飛んでいたのだ。

「あ、ううう」

圧倒的な存在が入り口を割り、肉を抉り、奥へと進んでくる。苦痛はあるはずなのに、厭というほど待たされた内部は嬉々として迎え入れ、最初から久遠を搦めとろうとする。

「ふ……ぁあ、い……いい」

内壁を擦られ、奥深くを突かれて、脳天まで甘く痺れた。久遠の力強さ、肌、声、すべてに感じてどうしようもない。

和孝は夢中になって腰を揺らし、性器を擦りつけ、頂点へと一気に駆け上がった。

「あ、も……」

先端から快感の証がだらだらとこぼれ落ちる。動くたびに性器や繋がった場所が立てる濡れた音がバスルームに響き、それにも感じて、我を忘れる。

「ああ」

久遠が和孝のあふれさせた蜜を指ですくった瞬間、小さく声を上げて一度目の絶頂を迎えていた。

思うさま吐精しながら、体内がぎゅうと久遠を締めつけるのをまざまざと感じる。久遠はそれを味わうかのようにつかの間じっとしていたが、和孝の腰を両手で摑んで自身へ引き寄せると、最奥を突き上げてきた。

こうなるともう自分にできることはない。身を任せ、されるがままになる。

深く、激しい口づけに応えながら、久遠の昂揚が完全に引くまで和孝はすべてを差し出すのだ。

何度でも。

「うう、んっ」

久遠の終わりを身体の奥で知る。

休む間もなく、今度は壁に寄りかかる姿勢を強いられたあげく、脚を大きく抱え上げられた。

「……ちょっ、待って。俺、このあと鍋の——」

最後まで言葉にならない。後ろから、ずるりと一気に挿入され、凄まじい衝撃に喉が

ひゅっと音を立てる。

それも最初だけで、奥深くをじっくりと揺さぶられると、一度目より深い快感が身の内から湧き起こり、翻弄される。

肌が粟立ち、汗ばみ、のぼせたときのようにどこもかしこも熱くなっていた。

「待つか？」

いま頃聞いてきても遅い。

繋がった場所はまた疼き始めているし、自身の体内が久遠を締めつけているのにどうしろというのだ。まともな思考などとっくにできなくなった状態で、和孝の答えは決まっていた。

「い、やだ」

首を横に振り、さらに自分から脚を開いて誘う。これまで以上に深い場所へと挿ってきた久遠が、一度動きを止め、宥めるような手つきで和孝の髪に触れてきた。

「——和孝」

最中に名前を呼ばれるのは、普段とはまるでちがう。低く、甘い声で紡がれると、自分が特別な存在だと実感できる。

久遠と自分。

互いだけを感じながら隙間がないほど密着し、抱き合うこの瞬間がたまらなく好きだ。

「うん」

ふたたびスローペースで動き始めた久遠に身も心も預けて、与えられる愉悦を存分に味わい尽くせばよかった。

「あ……そこ」

「もっとするか？」

「ん、する……ぁあ」

性感帯を刺激され、快感に身をくねらせる。

バスルームに自分のいやらしい声が響き渡っても、恥じらう余裕はもうない。思うさま声を上げて乱れる。

久遠の荒くなった息づかいにすら興奮するのだ。

「あ、あ……」

壁に爪（つめ）を立てたが、滑って体勢が崩れた。両手をつく前に久遠に身体を引き寄せられ、そのままバスタブの中へ戻ることになった。

「熱……」

熱いのは湯ではなく、自分自身。そして、ぴたりと合わさっている久遠の身体。

脳天まで熱で冒されて、なにも考えられない。ぱしゃぱしゃと水音をさせながら、互いを貪（むさぼ）ること以外は。

「あ、駄目」

久遠の手が性器に絡みついた。指で二、三度擦られただけで、和孝はまたしても呆気なく達していた。

と同時に、体内にうねりが起こる。内側から強いられる射精は、頭の中が真っ白になるほど強烈だ。

「あぁ」

久遠の脈動まで味わうかのごとく内壁がぴたりと吸いつくと、和孝自身は絶頂をコントロールできなくなる。

「すごいな」

うなじに触れた声にも震え、快楽の渦に身を委ねるだけだ。

「……ぅう……ん」

されるがまま、すすり泣くはめになろうと和孝が感じるのは悦びだけで、苦しさやつらさは微塵もない。

「……久遠、さん」

嗄れ果てた声でその名前を呼び、唇を求める。吐息を移し合うような口づけにうっとりとする傍ら、髪や頬を撫でてくる大きな手に擦り寄った和孝は、自分に向けられる双眸に胸を熱くした。

時々、ふっとやわらぐまなざしを知っている。自分を見て、微かに口許に浮かぶ笑みも。

だって俺もいつも見てるんだよ。

心中でそう呟くと、心地よい疲労感に任せて久遠に全体重を預けた。

「ベッドに行くか？」

「……ん」

とろりと瞼が落ちてくる。このまま眠ってしまおうか、そう思った矢先、ぐうとバスルームに腹の音が響き渡った。

「あ、鍋」

和孝は我に返り、自分がバスルームに足を運んだ理由を思い出す。

「寝てる場合じゃないって？」

久遠は笑うが、本来ならとっくに食べ終わっている頃だ。

「鱈ちり鍋にしたって言うために覗いただけだったのに」

なぜこうなったのか、考えたところでしようがない。だるい身体を無理やり動かし、久遠から離れてバスルームを出る。

「ご飯前になにやってるんだろ」

「それは、あとがいいっていう誘いか？」

「ちがうから」

そんなやり取りをしつつ髪を乾かすのにさらに数十分費やし、ふたりで鍋を囲んだのは、当初の予定より二時間ほど遅い時刻だった。

「いい出汁が出てる」

鱈ちり鍋とビールの相性は抜群で、いつもより食が進む。けっして夕食前の運動のおかげではなく、単に腹が減っていたためだ、と思うことにする。

「そういえば、あれ」

和孝がその話題を切り出したのは、食事も終わりかけになってからだった。

「結局、銃撃犯はどうなった？　捕まってないって報じられてるけど、どこの組の奴かわかってるんじゃない？」

さらりと組と言ってしまうあたり、自分もすっかり毒されていると思うが、今後のためにも大まかな結果は聞いておきたくて水を向ける。

過度な不安は、知らないことが原因だと今度のことで身に染みた。

しかし、

「聞いてない」

久遠の答えは和孝が望んだものとはかけ離れていた。

久遠がなにも知らないとは考えにくい。銃撃犯を放っておくほど甘い世界ではないはずだし、判明したなら必ず久遠の耳には入るだろう。

どうせまた、教える必要がないと思っているのだ。鼻に皺を寄せた和孝は、嘘つけ、と腹の中で詰ったものの、口には出さなかった。

しつこく問い詰めたところで、どうせ適当に躱されるのは目に見えている。

いつもこうだ。久遠が教えてくれるのは、必要最低限。しかも最後。そのことに幾度となく苛ついてきたけれど、今後も変わらず続くだろうことは明らかだった。

やきもきして、文句を言って、無事を祈って——そのくり返しだ。

三年後も、五年後も、十年後もそうやって過ごす自分が容易に想像できて、なんだか笑えてきた。

「まあ、いいけどさ」

それをわかっていて傍にいるのだから、もはやどうしようもない。そういう男に惚れたのが運の尽きとあきらめるべきだろう。

「にしても、三島さんって変なひとだよな。自分の事務所が狙われたっていうさなかにゴルフコンペとか、なに考えてんだろ」

四代目であろうと、一般人の自分から見れば変人だ。BMで初めて出会った日から今日まで、一貫してその印象を持っている。

「厭がらせかってくらい横浜に呼びつけるし、よっぽど暇なんだな」

こういう話ができるのも、平穏が戻ってきたからこそだ。

銃撃事件は一応解決したようだし、あれから南川の姿も見ていない。沢木はこれまでどおり久遠の運転手を務めている。

この生活が一日でも長く続けばいいと、願うばかりだ。

「和孝」

久遠が片肘をついた手でグラスを左右に振った。

「まだこの話を続ける気か?」

「え」

「もしちがうなら、話題を変えてもう少し酒につき合ってくれ」

「――――」

久遠の言うとおりだ。三島の話ばかりでは、せっかくの鍋と酒がまずくなる。

一週間ぶりにゆっくりできる夜なのだから、いろいろなことは脇に置いて、愉しまなければもったいない。

「じゃあ、たまには日本酒にする?」

椅子から腰を上げ、キッチンに向かう足取りは軽かった。

鍋の締めはうどんにしよう。刻みネギと海苔を散らして、少しだけごま油をかけて、あ、ついでに常備菜も出そうか。

夜は長い。

その後、めずらしくテーブルに留まり、会話こそ弾まなかったもののリラックスした時間を過ごした。

和孝にとっては、思いがけず充実した休日になったのだ。

中国、某省。

四十代前後と思(おぼ)しき政府高官は、招かれるまま入り組んだ薄暗い屋敷(やしき)内を進み、数え切れないほどある部屋のうち、赤い扉の部屋へ通される。蔦(つた)の絡まった壁紙のその部屋もやはり薄暗く、空気も淀(よど)んでいる。

窓がないせいで肌にじめっと張りつくようで、それが緊張感を増長させていた。

息苦しいのか、それとも体型のせいか高官はしきりにネクタイを触り、落ち着かない。

暖房のない室内は肌寒いほどなのに、汗をびっしょりと掻いていた。

待つこと数分、上下白い衣服に身を包んだ、長身の男が姿を見せる。

緩くウエーブした長い髪に、眦(まなじり)の切れ上がった細い目、冷酷そうな薄い唇。ひどく痩(や)せた彼がマフィアのトップである白朗(バイラン)だ。

テーブルを挟んで向かい側に腰を下ろした白朗のあとからも四人の男が入室し、ふたりは両脇(りょうわき)に、もうふたりはドアの傍に立った。

「それで、先日お話しした件ですが、ご理解いただけましたか？」

口火を切ったのは、黒髪の若い男——李(リ)だ。ふたりが顔を合わせるのは今回が三度目になるが、物腰がやわらかく、終始にこやかに接する李に対して、高官が尊大な態度をとるのはいまに始まったことではない。

「ご理解と言われてもな。私にはまるで心当たりがない。わざわざこんなところまで呼びつけて、どういうつもりなのか聞きたいくらいだ」

ハンカチで額の汗を拭いながら恫喝した高官に、李は笑みを深くする。

「なるほど。心当たりがないにもかかわらず、単身でここまで来られたんですね」

「それは――」

衝動的に椅子から尻を浮かせたものの、結局、高官は渋い表情でまた腰かけた。取り乱せば相手をつけ上がらせるだけだと考えているのだろう。

「それは、根も葉もないことを言い触らされては困るからだ。誰かと勘違いしてるんじゃないのか。まったく、迷惑にもほどがある」

ふんぞり返り、腕組みまでする高官に反して、中央に座る白朗は黙したまま一言も発することはない。無言で、高官をじっと見据えている。

張り詰めた空気に耐えかねたのか、とうとう高官が立ち上がった。

「まったく、ばかばかしい。時間の無駄だ。帰らせてもらう」

その一言で去っていこうとした高官だが、すぐさまドアの近くにいた男たちに阻まれる。

「な、なにをするっ」

　両脇を抱えられ、無理やりまたもとの椅子に座らされたあげく肩を押さえつけられては、いくら抗（あらが）おうとどうしようもない。

　彼にもやっと事の重大さがわかってきたようだ。心なしか顔が青白くなった。

「あくまで知らないと？」

　ここにきて、白朗が初めて声を発した。

　しゃがれてはいるものの、よく通る声だ。一瞬、息を呑んだ高官は、それを恥じるかのようにすぐにうすら笑いを貼（は）りつけた。

「当然だ。私を誰だと思っている」

　本来、呼びつけることはあってもその逆はない。不本意だと言わんばかりに鼻を鳴らした高官に、白朗は思案のそぶりで小首を傾（かし）げた。

　そして、李に向かって、

「あれを」

　と指示を出す。

　頷いた李はいったん隣室に消えると、ふたたび現れたときには封筒を手にしていた。

　まっすぐ高官に歩み寄った李が、頭上に封筒をかざす。かと思えば次の瞬間、

「存分にどうぞ」

その言葉とともに中身をぶちまけた。

封筒の中身は、十数枚の写真だ。高官の上に、写真がひらひらと舞い落ちる。

「な、なんだ」

自身の膝(ひざ)に落ちた写真へ目をやった高官は、直後、凍りついた。

「……っ」

顔面蒼白(そうはく)になり、ぶるぶると痙攣(けいれん)し始める。それほどのショックを受けている理由は、そこに写っている人物のせいだった。

ひとりは高官自身。もうひとりはあどけない顔をした女性。

もしこの写真が公になれば、高官の座を追われるだけではすまない。前代未聞のスキャンダルとして瞬時に世界じゅうを駆け巡るだろう。

身の破滅だ。

「まだたくさんありますよ。持ってきましょうか?」

再度隣室へと足を向けた李に、高官が悲鳴を上げた。

「や……めてくれっ。頼むっ」

床に頽(くずお)れ、両手をついて頼み込む姿に最初の威勢のよさはない。涙さえ流す高官を、白朗は満足げに見下ろす。

「口を噤(つぐ)んでもいいんですよ。あなたが、私の指示に従うと約束してくれるなら」

高官には、白朗のその言葉が悪魔の囁きにも聞こえたはずだ。

己の罪を世界じゅうにさらされるか、それとも白朗の言いなりになるか。

「そ、それは……っ」

高官が天秤にかけたのは一瞬だった。悩む余地はなかったのだろう。現に絶望に蒼白になっていた顔が、赤みを取り戻す。

「ほ、本当か？」

藁にもすがる勢いで床を這い、白朗の足にすがりつき、涙ながらに懇願し始めた。彼の許しが得られるまで。

「なんでもする……だから、公開しないでくれ――ああ、どうか。お願いします。なんでもしますから」

高官自身、言葉遣いまで変わっていたことに気づいていないかもしれない。が、白朗の双眸には妖しい輝きが灯った。

「じゃあ、さっそく働いてもらいましょうか」

それを最後に白朗は席を立ち、その場を李に委ねて自身は隣室へ移動する。

隣室で待っていたのは、いずれも同じ衣服を身にまとった数人の男たちで、その中にいるひとり、安楽椅子に腰かけた男に白朗は敬意を示してこうべを垂れた。

「うまくいきました」

白朗の報告に頷いた男は、まるで鏡で映したかのごとく彼と同じ姿をしている。背格好、髪型、切れ上がった目、薄い唇。どこもかしこも瓜二つだ。

唯一のちがいといえば、彼の顔にはメスを入れた痕跡がないことだ。

それも当然で、たったいま高官に接していたのは、白朗の替え玉。ここでなりゆきを窺っていた彼こそが、本物の白朗だった。

「いよいよだね」

白朗、と男を呼び寄り添う。

日本を出て白朗のもとに身を寄せて数年、いよいよというのは、田丸慧一自身の思いでもあった。

「そうだな。だが、やっとスタートラインに立ったばかりだ、慧」

白朗は艶のない髪を掻き上げ、唇を左右に引く。白濁した双眸はすでにほとんど役に立っていないとはいえ、いまだ熱を宿していた。

貧しさに喘ぐ村民を救うという大義のもと、チャイニーズマフィアと恐れられながらも組織を拡大してきた白朗、そして仲間たちにとってここがスタートラインだ。

そのために阿片を金に換え、ときには手を血で染めもしてきた。

「慧」

もう一度名前を呼ばれて、深く頷く。信頼と、それ以上の想いを込めて。

見る間に体調を崩していく白朗の意志がまだ枯れていないことが、もっとも重要だ。そのためならなんでもしてきたし、この先も尽力するつもりでいる。

白朗の望みこそが、自分の望みなのだから。

「あと少し、身体がもってくれればいいが」

肩で息をつく白朗に、唇を嚙み締めた。が、すぐに笑みを作り、床に膝をついて細くなった手を握る。

「なに言ってるんだよ。もつに決まってるだろ。お願いだから、縁起でもないことを言わないでほしい」

あえて叱咤し、自身の胸元へ引き寄せながらも、内心はちがう。これ以上白朗の身体が悪くならないようにという、切実な願いでいっぱいだ。

できることなら代わりたいとすら思い、田丸はほほ笑みかけた。

「俺がずっと傍にいる。これから先も、ずっと。だから、大丈夫」

これまで、何十回も口にしてきた言葉は白朗のためというより、自分自身のためだ。言葉にすることで、少しでも不安を払いたかった。

「ああ、そうだな」

ごほごほと空咳をした白朗の表情が、心なしかやわらぐ。以前ならけっして見せなかった穏やかな面差しに、胸が痛くなるのはどうしようもない。

背中をさする傍ら、どこにいるかわからない神にすがる。

どうかお願い、と何度も何度も。

「私がこうしていられる限り、傍にいてくれ」

「──白朗」

嬉しいと返した田丸は、自身の熱を移したい一心で指を絡めていっそう強く繫ぐ。

いま、この瞬間、目の前にいる白朗を感じる、それこそがすべてだった。

あとがき

こんにちは。高岡（たかおか）ミズミです。

いまは嬉（うれ）しさ以上に緊張していて、ちょっと不安にもなっています。なにしろ、セカンド・シーズンですから！

今回は、タイトルどおり、序章という感じのお話になっています。

最初の頃に比べたら、和孝（かずたか）はずいぶん可愛（かわい）げのある、というか、丸くなってきました。年齢や経験、開き直ったせいも大きいのですが、一番は小さいながらに自分の店を構えたせいかもしれません。

信頼できる仲間を得て、守るものができて、大事なひとがいて——並べてみると、まさにリア充ですね！

ただ、三島（みしま）はあんな感じですし、わかりやすく好みの新キャラを登場させましたし、せっかく平穏な生活を満喫していた和孝も、今後はそう穏やかとはいかなくなりそうですが。

前作、宮原(みやはら)編から、イラストは沖(おき)先生にバトンタッチされました。読者様には、私が表現しきれていないゴージャスな雰囲気をイラストでぜひ堪能(たんのう)していただければと思っています。

沖先生、お忙しいなかありがとうございます。

担当さんもいろいろとご面倒おかけしています。ぼんやりしないよう、できるだけ気をつけていきたいです。

これまでおつき合いくださっていた読者様、本当に本当にありがとうございます！　感謝の気持ちを表すには、もうひたすら前を向いて頑張っていくしかないので、私なりにできる限りのことをしていく所存です。

まだまだＶＩＰ(ブイアイピー)祭り継続中なので！

セカンド・シーズン初っ端(しょっぱな)の今作、ちょっぴりでも愉(たの)しんでいただいて、今後の期待へと繋がる内容になっていればいいなあと、心から祈っています。

そして、次巻でまたお会いできれば、これ以上のことはありません。

高岡ミズミ

『VIP 兆候』、いかがでしたか？

高岡ミズミ先生、イラストの沖麻実也先生への、みなさまのお便りをお待ちしております。

高岡ミズミ先生のファンレターのあて先

〒112-8001 東京都文京区音羽2-12-21 講談社 文芸第三出版部「高岡ミズミ先生」係

沖麻実也先生のファンレターのあて先

〒112-8001 東京都文京区音羽2-12-21 講談社 文芸第三出版部「沖麻実也先生」係

N.D.C.913　206p　15cm

高岡ミズミ（たかおか・みずみ）
山口県出身。デビュー作は「可愛いひと。」
（全9巻）。
主な著書に「ＶＩＰ」シリーズ、「薔薇王院
可憐のサロン事件簿」シリーズ。
ツイッター　https://twitter.com/takavivi
mizu
HP　http://wild-f.com/

講談社X文庫

VIP　兆候

高岡ミズミ

●

2018年８月２日　第１刷発行

定価はカバーに表示してあります。

発行者――**渡瀬昌彦**
発行所――**株式会社　講談社**
東京都文京区音羽2-12-21 〒112-8001
電話 編集 03-5395-3507
販売 03-5395-5817
業務 03-5395-3615

本文印刷－豊国印刷株式会社
製本―――株式会社国宝社
カバー印刷－半七写真印刷工業株式会社
本文データ制作－講談社デジタル製作
デザイン－山口　馨

ISBN978-4-06-512454-3

ホワイトハート最新刊

VIP 兆候

高岡ミズミ 絵／沖 麻実也

大人気シリーズ！　ついに新章スタート!! BMが焼失し、小さなレストランを開店した柚木和孝。恋人の不動清和会若頭・久遠彰允の周辺が、キナ臭い様相を帯びてくる。不安に駆られる和孝だが……。

とりかえ花嫁の冥婚

身代わりの伴侶

貴嶋 啓 絵／すがはら竜

私、あなたの本当の花嫁じゃないのに。お仕えする大切なお嬢様・黎禾の「冥婚」が決まった。花嫁道中に同行した橙莉は、不幸な結婚から黎禾を救うため、身代わりになることを決意する。

龍の陽炎、Dr.の朧月

樹生かなめ 絵／奈良千春

しっぽり新婚旅行は、嵐の予感……！　氷川は最愛の恋人にして眞鍋組二代目組長・橘高清和とついに挙式。いよいよ新婚旅行に出発するが、旅先の温泉地では新たな波乱が待ち構えていた。

ダ・ヴィンチと僕の時間旅行

運命の刻

花夜光 絵／松本テマリ

過去に飛ばされた青年は、現代に戻れるか？　15世紀イタリアに飛ばされ、メディチ家の一員となった高校生の海斗は、友人レオナルド・ダ・ヴィンチと共に、現代に戻る方法を模索するが……。

ホワイトハート来月の予定（9月5日頃発売）

願い事の木～Wish Tree～ 欧州妖異譚19・・・・・・・・篠原美季
恋する救命救急医 キングの憂鬱・・・・・・・・・・・・・・・・・・春原いずみ
沙汰も嵐も 再会、のち地獄・・・・・・・・・・・・・・・・・・・・・・・・・吉田 周

※予定の作家、書名は変更になる場合があります。